光文社文庫

文庫書下ろし／長編時代小説

# 予兆

鬼役 十九

坂岡　真

光　文　社

この作品は光文社文庫のために書下ろされました。

目次



※巻末に鬼役メモあります

## 幕府の職制組織における鬼役の位置

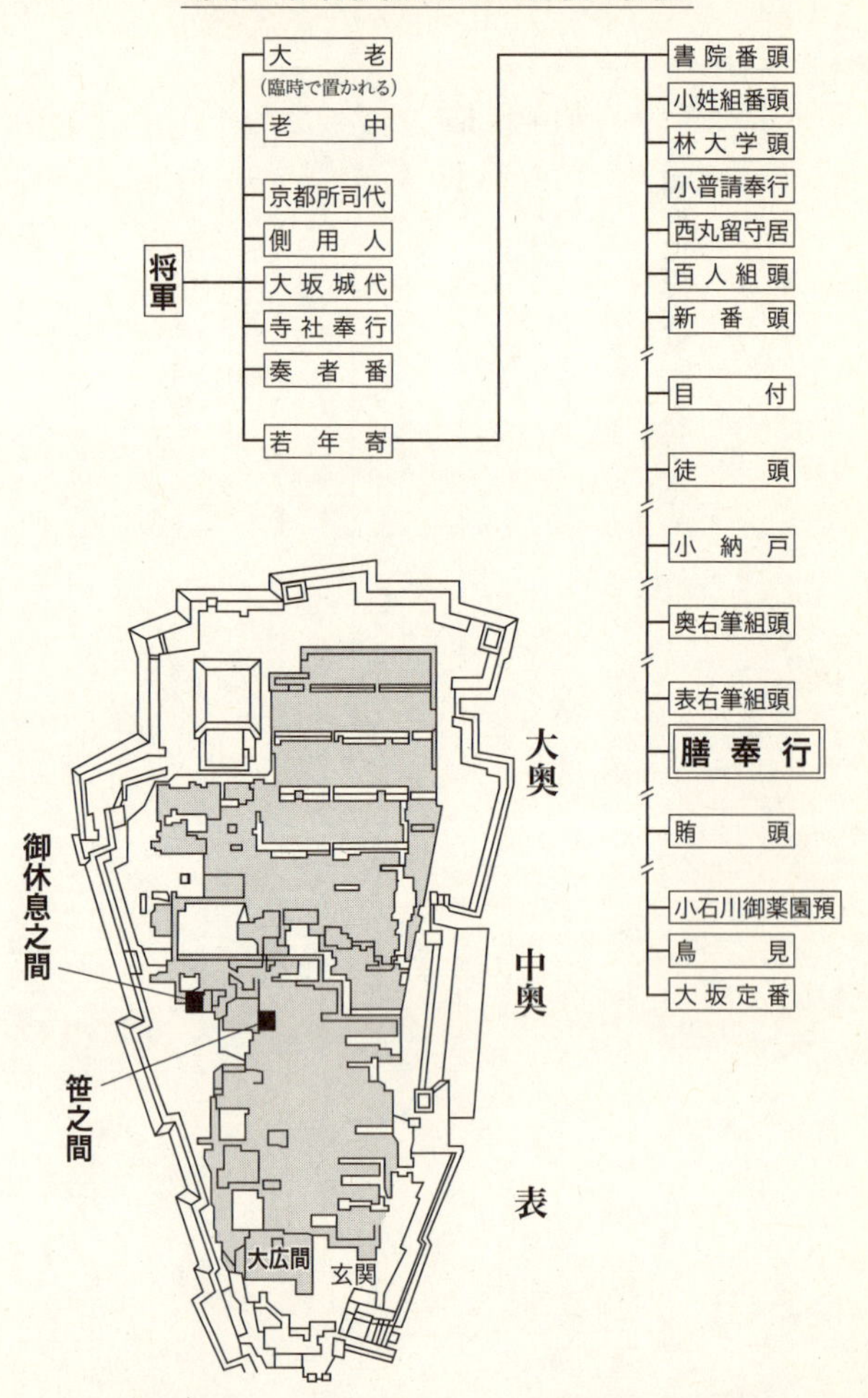

## 鬼役はここにいる！

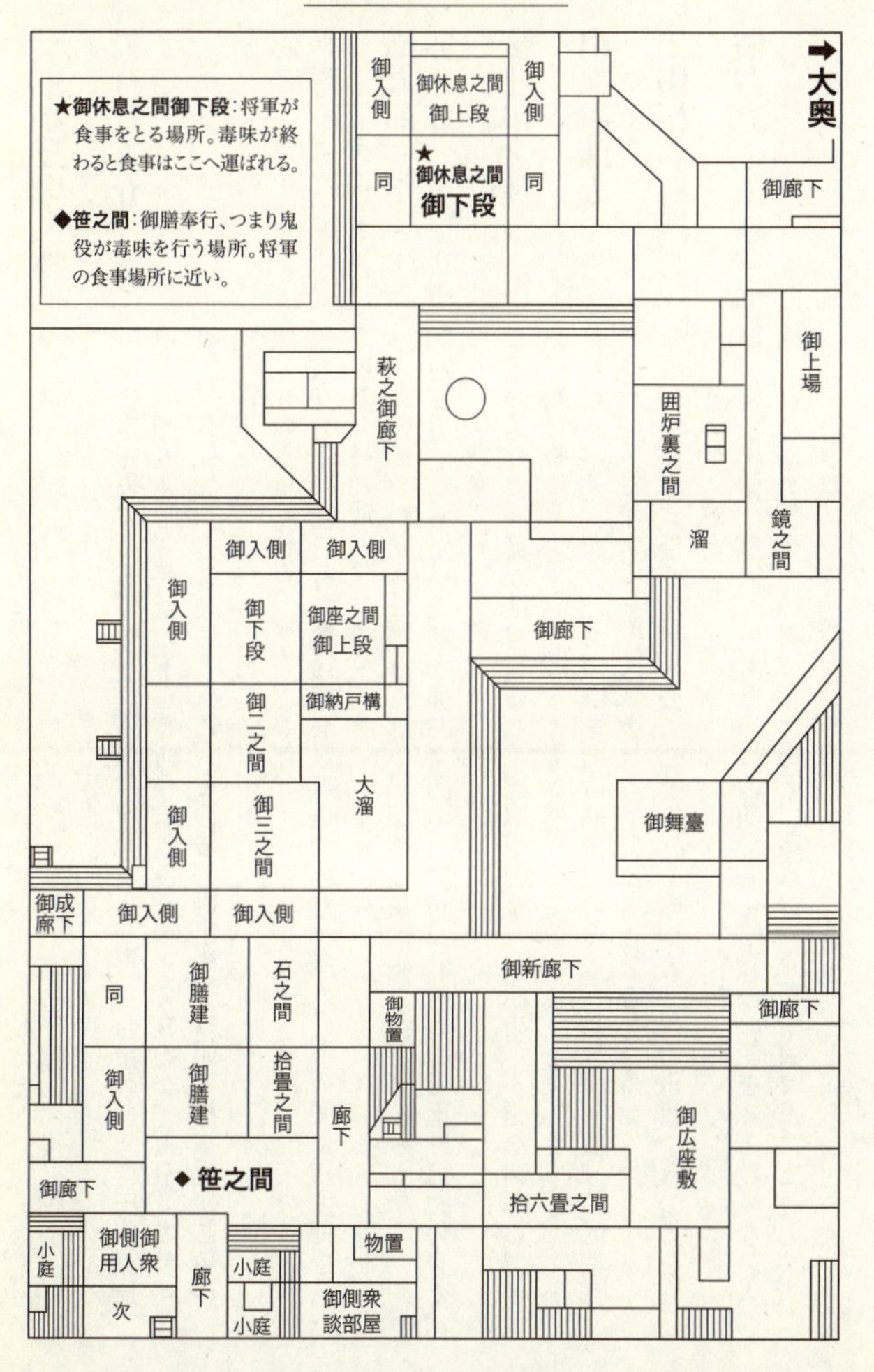

★御休息之間御下段：将軍が食事をとる場所。毒味が終わると食事はここへ運ばれる。
◆笹之間：御膳奉行、つまり鬼役が毒味を行う場所。将軍の食事場所に近い。
→大奥
御入側
御休息之間
御上段
御入側
同
★
御休息之間
御下段
同
御廊下
萩之御廊下
御上場
囲炉裏之間
溜
鏡之間
御入側
御入側
御入側
御下段
御座之間
御上段
御納戸構
御廊下
御二之間
大溜
御舞臺
御入側
御三之間
御成廊下
御入側
御入側
同
御膳建
石之間
御新廊下
御物置
御廊下
御入側
御膳建
拾畳之間
廊下
御広座敷
御廊下
◆笹之間
拾六畳之間
小庭
御側御用人衆
次
廊下
小庭
小庭
物置
御側衆談部屋

## 主な登場人物

**矢背蔵人介**……将軍の毒味役である御膳奉行。またの名を「鬼役」。お役の一方で田宮流抜刀術の達人として幕臣の不正を断つ暗殺役も務めてきたが、指令役の若年寄・長久保加賀守に裏切られた。その後、御小姓組番頭の橘右近から再び暗殺御用を命じられている。

**志乃**……蔵人介の養母。薙刀の達人でもある。

**幸恵**……蔵人介の妻。徒目付の綾辻家から嫁いできた。蔵人介との間に鐵太郎をもうける。弓の達人でもある。

**鐵太郎**……蔵人介の息子。いまは蘭方医になるべく、大坂で修業中。

**卯三郎**……納戸払方を務めていた卯木卯左衛門の三男坊。わけあって天涯孤独の身となり、矢背家の居候となる。

**綾辻市之進**……幸恵の弟。真面目な徒目付として旗本や御家人の悪事・不正を糾弾してきた。剣の腕はそこそこだが、柔術と捕縄術に長けている。

**串部六郎太**……矢背家の用人。悪党どもの臑を刈る柳剛流の達人。長久保加賀守の元家来だったが、悪逆な遣り口に嫌気し、蔵人介に忠誠を誓う。

**土田伝右衛門**……公方の尿筒持ち役を務める公人朝夕人。その一方、裏の役目では公方を守る最後の砦。武芸百般に通じている。

**橘右近**……御小姓組番頭。蔵人介のもう一つの顔である暗殺役の顔を知る数少ない人物。若年寄の長久保加賀守亡きあと、蔵人介に正義を貫くためと称して近づき、ときに悪党の暗殺を命じる。

# 鬼役 十九

## 予兆

# 落首（らくしゅ）

## 一

皐月（さつき）六日、江戸城中奥（なかおく）。

鬱陶（うっとう）しい雨が降りつづいている。

暦（こよみ）が芒種（ぼうしゅ）に替わってから、いまだ一度も月をみていない。

昨日は端午（たんご）の節句を祝って、中奥詰めの者たちにも柏餅が配られた。

御膳奉行（ごぜんぶぎょう）の矢背蔵人介（やせくらんどのすけ）は公方家慶（くぼういえよし）の食する柏餅を毒味し、妙な舌触りや味の変化を探るべく餡子（あんこ）の隅々にまで神経を尖（とが）らせた。あるいは、邪気を祓（はら）う菖蒲（しょうぶ）酒に毒が混じっていないかどうかを探り、魚貝の膾（なます）や刺身については鼻と舌を駆使しながら傷んでいないことを確かめた。

烏柄杓の咲く梅雨時は、何よりも食中りに気をつけねばならぬ。

御膳に供される肴は、どうしても塩っ気が多くなった。

喉が渇くので、家慶の酒量も増える。

朝からけっこうな量を呑み、御休息之間の下段で酒臭い息を吐きながら、老中たちから上がってくる伺いを決裁するのだ。

黒い革張りの御用箱には、やり残した伺い状が山積みになっている。なかには小伝馬町の牢屋敷に繋がれた罪人を死罪にするか否かの伺いもあれば、役人の進退や仕置きを早急に決めねばならぬ「即下り」の伺いもあった。

老中首座の水野越前守忠邦がわざわざ御側御用取次を呼びつけて「いの一番にお目通しいただくように」と指図した伺いを、家慶は濁った眸子を擦りながら決裁していくのである。

酒臭い部屋で御用取次が顔をしかめる様子ならば、蔵人介も容易に想像できた。

午前中の御用がどうにか済むと、家慶は御小座敷で二ノ膳付きの中食をとり、そのあとはお待ちかねの御慰みとなる。

御謡いを好む家慶はまず、御座之間の北側に設えられた橋懸かりのある舞台で能をひとさし舞ってみせ、汗ばんだ着物を取りかえたのちに御小座敷奥の鷹之間へおもむく。お気に入りの小姓たちと遊びに興じるのだが、今日は八つ頃より「主人設け」が催されると聞き、蔵人介は眉をひそめた。

市井でも広くおこなわれている「主人設け」とは、知人たちを自邸に招いて酒肴を振るまう習慣のことだ。武家においては同じ役目に就く者同士が結束を高めるために催されたりもし、厳かな雰囲気のなかで酒量を競うことが武士の嗜みとして重視された。

下戸にとっては、地獄の試練にすぎない。

酒好きの家慶が「主人設け」を催すと知り、小姓の幾人かは及び腰にならざるを得なかった。

酒肴が供されるとなれば、毒味役も鷹之間のそばに控えさせねばならぬ。

蔵人介の読みはあたり、中奥采配の御小納戸頭取から呼びだしが掛かった。

さっそく御用部屋の笹之間を退出し、通常は渡ることの許されぬ長い廊下を渡って奥の鷹之間へと向かう。

囲炉裏之間と湯殿のあいだを通りぬけ、上御納戸の手前廊下を進んだ。

御納戸の右手は銅塀で仕切られ、銅塀の向こうには大奥が広がっている。

蔵人介は案内役の小姓に導かれ、鷹之間と襖一枚隔てた控え部屋に腰を落ちつけた。

「しからば、酒肴のお毒味を」

別の小姓に指図され、蔵人介は表情も変えずにうなずく。

錆縹地に鉄線花文のあしらわれた裃を纏い、襖を左手において端然と座っている。

すがたは凛々しくとも、御膳奉行の役料はたったの二百俵にすぎない。毒を啖って死ぬこともあれば、焼き魚の小骨を取り損ねて腹を切らされる恐れもある。地獄と隣りあわせの役目ゆえに「鬼役」と呼ばれていた。就きたがる者は皆無に等しいものの、蔵人介には役目に殉じる覚悟がある。

いつも胸に携えているのは、今は亡き養父より託されたことばだ。

――毒味役は毒を啖うてこそのお役目。河豚毒に毒草に毒茸、なんでもござれ。死なば本望と心得よ。

腹の底から搾りだされたことばに、激しく心を揺さぶられた。

武士の本来あるべきすがたは、揺るがざる矜持を携えているか否かにかかっている。

蔵人介の佇まいは美しい。

真っ白な杉箸を巧みに使う毒味の所作は観る者を魅了し、名人と賞賛される能役者の舞いを堪能しているかのようだった。

もちろん、武家の棟梁である家慶が一介の毒味役に関心を向けるはずもない。蔵人介はやつぎばやに運ばれてくる御膳の酒肴を口にふくみ、淡々と役目をこなしていった。

毒味の済んだ御膳は、小姓によって隣部屋へもたらされる。

開閉される襖の隙間から、鷹之間の様子はつぶさに把握できた。

床の間に置かれた大きな花瓶には、花菖蒲の束が無造作に生けてある。

紫の花菖蒲を背にした家慶は「座主」としてまんなかに陣取り、小姓たちが「客」となって左右二列に分かれて向かいあった。

ぜんぶで十人いる「客」のなかには、坊主頭の奥医師も混じっている。家慶の左右に侍る「御餐」と呼ぶ接伴役のひとりで、ほかの連中相手に酒を呑みつづけねばならず、極めつきの酒豪でなければつとまらない。

また、対座する十人とは別に、進行役の「肴司」がひとり下座に控えていた。

白髪頭に丸眼鏡、口をへの字に曲げた頑固そうな老臣こそが、御小姓組番頭の橘右近にほかならない。家慶からたいそう信頼されており、目安箱の書状に目を通すことも許されている。

その橘から時折、密命が下されてきた。

——奸臣を成敗せよ。

蔵人介は田宮流抜刀術を修め、幕臣随一の剣客との呼び声も高い。

剣の腕と胆の太さと、何よりも忠誠心を見込まれてのことだ。

密命にしたがい、何人もの悪党や奸臣を斬ってきた。

表の役目で命を削り、裏の役目で死地を彷徨う。

強靭な精神の持ち主でないかぎり、とてもつとまるものではない。

——おぬし以外に適役はおらぬ。

という殺し文句は聞き飽きたが、敢えて拒む理由もみつけられなかった。

役目に生き、役目に殉じる。

蔵人介自身、それ以外の生き方を知らぬからだ。

「盃下り申す」

肴司の橘が叫んでいる。

対座する最初のふたりがそれぞれに大盃を抱え、御餐ふたりが膝行して酒をなみなみと注いだ。

ふたりがひと口ずつ呑み、つぎのふたりに大盃を廻す。そして、最後のふたりが大盃を呑みほすと、ふたたび、御餐が酒をなみなみと注ぎ、今度は順序を逆にして下座から大盃を廻していく。

「盃上り申す」

下り盃と上り盃を何度か繰りかえしたあとは、ふたりの御餐が座主の家慶に代わって列席する者たちと小盃を呑みかわさねばならない。

献盃と返盃がつづいたのち、今度は対座する者同士で「競い盃」と称する呑み競べがおこなわれる。そのあいだに、列席者たちからは「お酒舞」と呼ぶ長唄や舞いなどの芸が披露された。

「ふはは、ほれ呑め、やれ踊れ」

家慶はすこぶる上機嫌だが、ほかの連中は苦痛と闘っている。

どれだけ酒量が増えても、乱れたり粗相をしてはならなかった。席を立つのはもってのほかで、吐き気も小便も我慢しなければならず、みようによっては責め苦と何ら変わらない。

何故か、家慶だけは尿意を気にせず、涼しい顔をしている。

理由は、公人朝夕人という尿筒持ちを控えさせているからだ。

家慶が左手で畳を叩けば、黒衣の公人朝夕人が気配もなく近づいてくる。

そして、いちもつに竹筒を上手にあてがい、気持ちよく放尿させてやるのだ。

公人朝夕人の土田伝右衛門（つちだでんえもん）は、蔵人介と同様に裏の顔を持っている。武芸百般に通暁（つうぎょう）し、公方を守る最強にして最後の砦だった。

小姓たちも知らぬそのことを、蔵人介は知っている。

伝右衛門こそが橘右近と蔵人介のあいだを繋ぐ橋渡し役だからである。

大御所となって西ノ丸へ移った家斉（いえなり）の御代（みよ）もふくめて、ともに幾度となく公方の危機を救ってきた。

伝右衛門はけっして橘の命に背（そむ）かず、殺しでさえも平然とやってのける。

たとい、蔵人介が役目で斃（たお）れたとしても、眉ひとつ動かさぬにちがいない。

氷のように冷たい男だが、情で動かぬところが気に入ってもいる。怜悧（れいり）でなければ、難しい役目を果たすことはできぬからだ。

おそらくは今も、小姓たちの誰ひとりとして伝右衛門の動きに気づいてはおるまい。

家慶は満足げに、ぶるっと胴震いしてみせた。

それと同時に、背後に控えた人影はすっと脇へ消えていった。

## 二

家慶は新たな盃を呷り、赤ら顔で疳高い声を発してみせる。

「何ぞおもしろき趣向はないか」

「されば」

すかさず、橘が声を張りあげた。

「御膳に供された汁の実は、紀州沖にて銛打ちにされた背美鯨にござりまする。聞くところによれば、全長で三十五尋もあったとか」

ばらして塩漬けにしたものを稲藁で荒巻きにし、遥々、樽廻船で運ばせたものだという。

「背美鯨にちなみ、各々が鯨の部位と食べ方を披露していくというのはいかがでござりましょう。たとえば、さやと申せば舌のことにござりまする。網焼きにして熱湯にくぐらせ、三杯酢で食せばことのほか美味かと」

「おもしろい」

家慶は膝を打った。

「よし、爺につづけ。こたえに窮した者は、注がれた大盃をひと息に干さねばならぬ。ほれ、誰ぞこたえぬか」

「されば、それがしが」

すぐさま応じたのは、御餐に任じられている御小姓組頭の林銑八郎であった。御小姓衆随一の酒豪と評される豪傑で図体も態度も大きく、柳生新陰流の遣い手としても知られている。

「でんずると申せば、顎のことにござります。石のごとく硬きものゆえ、熱湯をかけて軟らかくしたのちに酢ぬたで食せば、文字どおり、顎が落ちまする」

「ぬはは、銑八郎め、駄洒落を言いおったな。よし、つぎはわしじゃ」

家慶は上機嫌で喋りだす。

「心ノ臓は、うすと申してな、これは天麩羅にするのが一番じゃ。ふむ、食べたくなってきた。誰ぞ、うすの天麩羅を所望いたせ」

無理難題である。はたして、御膳所に「うす」があるかどうか。かりにあったとしても、公方の膳に天麩羅を出す習慣はない。理由は毒味をやっているあいだに冷めてしまうからだ。

「つづけ、ほかに誰かおらぬか」

「上様、それがしが」

御餐のもうひとり、奥医師の井垣玄沢(いがきげんたく)が膝を乗りだす。

玄沢は中奥屈指の酒豪で知られ、公方の脈をとるよりも酌をしたがる幇間(ほうかん)医者などと揶揄(やゆ)されていた。

蔵人介は、ぴくりと片眉を動かす。

玄沢には以前、命を救ってもらったことがあった。毒味で烏頭毒(うずどく)を食して苦しんでいたとき、まっさきにやってきて喉に指を突っこんでくれたのだ。毒をあらかた吐きだすことができた。咄嗟の処置がなければ手遅れになっていたかもしれず、爾来(じらい)、恩を感じている相手だった。

家慶も身を寄せる。

「お匙(さじ)か、申してみよ」

「はい。鯨肉と申せば、脂身(あぶらみ)つきの黒皮を忘れてはなりませぬ。薄く切って煎(い)り酒に漬けてもよし、牛蒡(ごぼう)と煮ても美味しゅうござりまする。さらに、蕪骨(かぶらぼね)と申すは頭蓋(ずがい)の髄(ずい)にて、粕漬けや味噌漬けにすれば美味にござりまする。そしてまた、肴(さかな)に無くてはならぬものと申せば、百尋(ひゃくひろ)と称する臓物がござりまする。湯で煮たうえで三杯酢に漬けて食せば、御酒は何杯でも」

「すすむか」

「はい」

ごくりと、家慶は生唾を呑みこむ。

そのとき、小姓のひとりが「恐れながら」と平伏した。

名は藤木蒼馬（ふじきそうま）、大身旗本（たいしんはたもと）の御曹司だが、頼りなさそうな色白の若侍である。

「たけりと申すは、鯨の陽物にござりまする」

「ほほう、たけりか。それをいかにして食す」

「鰹節（かつおぶし）のごとく固めて、削った一片を味噌汁に入れまする。さすれば、霍乱（かくらん）や癪（しゃく）が嘘のように消えると、母に聞きましてござります」

家慶は、かたわらに目を移した。

「玄沢、まことか」

「はて、初耳にござりますが」

にべもなく否定してみせるところが、何とも真っ正直な玄沢らしい。

藤木は恥を掻（か）かされた恰好になり、耳まで真っ赤に染めてしまう。

家慶は表情を曇らせ、皮肉を漏らした。

「ふん、たけりの削り滓（かす）で癪が治れば世話無いわ」

「へへえ」

藤木は額を畳に擦りつけ、顔をあげることもできない。

組頭の林が何故か、御餐として対座する玄沢を睨みつけた。

控え部屋の蔵人介にまで、殺気が伝わってくる。

助け船を出したのは、下座の橘であった。

「さて、頃合いにござりまする。そろりとお開きにいたしましょう」

緊張を強いられる酒宴は一刻ほどつづき、ようやく散会となった。

年寄りの橘は退席を許されたが、控え部屋の蔵人介に格別の指図はない。

家慶はまだ呑みたらぬようで、残った小姓たちに「隠れ坊主をするぞ」と大声で命じる。

部屋の片隅に金屏風を立てまわし、籤引きで当たりを引いた者が屏風の内に隠れる。ほかの者たちは屏風の向こうめがけて手当たり次第に物を投げいれるのだが、投げいれた物はすべて内に隠れた者が拝領できた。

籤を引く者はたいていい頭を剃ったお城坊主か奥医師と定められていたので、中奥ではこの遊びを「隠れ坊主」と呼んでいる。

籤を引くまでもなく、ひとりだけ坊主頭の井垣玄沢が「人身御供」に選ばれた。

とろんとした眸子(まなこ)をみれば、かなり酔っているのはわかる。

一升(しょう)は楽に呑んでいるにちがいない。

玄沢はふらつきながらも、屏風の内へ消えていった。

まずいなとおもっても、しゃしゃり出ることは許されない。

蔵人介は座したまま、なかば開いた襖の隙間から一部始終を眺めている。

小姓たちによって、さまざまな衣類や調度品が運びこまれてきた。

「それ、掛かれい」

家慶は嬉々(きき)として命じ、軍配を持ちあげる。

と同時に、小姓たちは我先に物を抛(ほう)りこんだ。

はじめのうちは時服(じふく)や褥(しとね)といった軽いもので、高価な掛軸などもふくまれている。

「どうじゃ、玄沢」

家慶が屏風の向こうに問いかけると、玄沢のかぼそい声が聞こえてきた。

「まだまだにござりまする」

「ひゃはは、そうであろう」

家慶は物狂いのように笑い、小姓たちに長い顎をしゃくる。

うなずいたのは玄沢に恥を掻かされた藤木蒼馬で、手には大きな草鞋ほどもある硯が握られていた。

「投げよ、蒼馬」

「はっ」

硯が高々と宙を舞った。

ごつっと音がして、短い悲鳴があがる。

一同が固唾を呑むと、玄沢の声が弾んだ。

「これはこれは、稀少な端渓の硯ではござりませぬか」

「そうじゃ。欲しければくれてやるぞ」

「かたじけのう存じまする」

家慶は屏風に問いかける。

「玄沢、つづけるか」

「ここでやめるわけにはまいりませぬ」

「よう言うた。それ、みなの者、遠慮いたすな」

「わあっ」

歓声とともに、火鉢や文机が投げこまれた。

力自慢の林銃八郎などは、御用簞笥を抛ろうとしている。

「あやつめ」

蔵人介は我慢ならず、腰を浮かせかけた。

止めねばならぬとおもったが、公方の勘気に触れたら切腹を命じられる恐れもある。

躊躇っていると、家慶みずから床の間へ足を運び、大きな花瓶を抱えてきた。

「ぬひゃひゃ、これもくれてやろう」

花菖蒲を抜いてばらまくや、花瓶を肩に担いで抛りなげる。

どすんと花瓶が畳に落ちる音はしても、悲鳴らしきものは漏れてこない。

「それ、投げこめ」

小姓どもは顔を紅潮させた公方に煽られ、死に神にでも憑かれたように物を投じつづけた。

酔いに任せた無礼講の遊びにしても、度が過ぎると言わざるを得なかった。

やがて、屏風の上から投じた品物が溢れだし、ようやく、乱痴気騒ぎは終わった。

家慶も小姓たちも疲れてへたりこみ、誰ひとり哀れな奥医師を救おうともしない。

酔いから醒めた連中が事の重大さに気づいたのは、しばらく経ってからのことだ。

なかった。

蔵人介は忸怩たるおもいを抱きつつも、定められたところから一歩たりとも動け

責めを負うべきは、無論、家慶にほかならない。

されど、公方である家慶の命を守ることこそが、蔵人介に課された役目だ。

いかに理不尽な出来事に遭遇しようとも、鬼役には踏みこえられぬ一線がある。

奥医師の井垣玄沢は大怪我を負い、全身血まみれの恰好で運びだされていった。

恩人を救えなかったことが口惜しい。

蔵人介は役目を辞したい衝動に駆られつつも、控え部屋から黙然と退出するより

ほかになかった。

三

奥医師の井垣玄沢は、本丸裏手の平川門から運びだされていった。

夕闇の迫るなか、市ケ谷御納戸町の自邸に戻ってみると、表玄関に出迎える者と

ておらず、屋敷のなかは不穏な空気に包まれている。

「これはこれは、久方ぶりに一悶着ありそうな気配でござる」

従者の串部六郎太が横幅のある身を寄せ、戯けたように囁いた。

蔵人介は首を捻る。

おぼえがない。

養母の志乃や妻の幸恵が、何故、出迎えも拒むほどに機嫌を損ねているのか。

「争い事もなければ、浮いたはなしもない。強いてあげるならば、上がったためしのない役料のせいでござりましょうか。はて……ん、何やら、廊下の向こうに不穏な雲行きが」

志乃と幸恵が、ふいに顔をみせた。

「げげっ、般若の面でもかぶっておられるようだ」

串部もつぶやくとおり、薙刀や弓を手にしているわけではないが、携えていてもおかしくないほどの殺気を漲らせている。

「おや、卯三郎どのもおられる」

滑るように迫るふたりの背後から、矢背家の跡目を継ぐことを認められたばかりの卯三郎が困った顔で従いてきた。

ほかの連中はいない。

跡目披露の催しに参じるべく戻った居候の宗次郎は、八瀬衆の猿彦とともに京の洛北へ帰っていった。志乃の生まれ故郷でもある八瀬という山里が、よほど気に入っているらしい。馴染みの花魁だった夕霧が剃髪し、鎌倉の東慶寺に隠棲してからは、江戸に未練が無くなったのであろう。

一方、実子の鐵太郎は大坂の緒方洪庵に弟子入り、蘭方医になる道を歩んでいる。江戸へ戻ってくる気もなさそうなので、母親の幸恵は秘かに嘆いているものの、鬼役とは別の道を選んだ鐵太郎の覚悟は、家の者みなで尊重してやらねばなるまい。

血の繋がりのない卯三郎を後継者に選んだ理由は、秀でた剣の資質と並外れた胆力を見込んでのはなしだ。

もちろん、養子となって矢背家を継ぐことは特別の意味を持つ。

八瀬衆の祖先である八瀬童子は、この世と閻魔王宮のあいだを往来する輿かきにして閻魔大王に使役された鬼の子孫ともいわれていた。皇族の輿を担ぐ力者であり、戦国の御代には禁裏の間諜となって暗躍もし、闇の世では「天皇家の影法師」と畏怖され、かの織田信長でさえも闇の族の底知れぬ能力を懼れた。

矢背家は八瀬童子の首長に連なる家柄である。したがって、類い稀なる資質と厳しい修行を乗りこえる忍耐力を兼ねそなえた者でなければ、養子に迎えることはできない。

今のところ、卯三郎は順調に修行を重ねている。

八瀬童子の血を引く志乃も納得しているし、幸恵も卯三郎を家に迎える心の準備はできていた。いずれにしろ、跡目のことがようやく決着をみつつあり、ここ数日は平穏であったにもかかわらず、女ふたりは凄まじい形相で近づいてくる。

「いったい、どうなされたというのですか」

三和土に立ったまま問いをぶつけると、志乃ではなしに幸恵が応じた。

「玄沢先生のことにございます。桜木兵庫さまのご妻女から、中奥の鷹之間で凶事のあったことをお聞きしました。何でも、小姓衆の悪ふざけが過ぎ、玄沢先生が大怪我を負われたとか」

桜木兵庫は噂好きの相番である。鬼役におよそ似つかわしくない肥えた饅頭顔を浮かべ、蔵人介は舌打ちしたくなった。それにしても、これほど早く城内の噂が御納戸町まで伝わっているとは驚きだ。

「隠れ坊主なる遊びのこともお聞きしました。みなさま、お酔いになっておられたとは申せ、玄沢先生は理不尽な仕打ちを受けたとしか言いようがありませぬ。しかも『その場に矢背どのも控えておられたはずだ』と、桜木さまは仰ったそうです。その場におられたのは、まことにございますか」

「まことだ」

溜息とともに吐きだせば、いっそう重い溜息が返ってくる。

「されば、何故、哀れな玄沢先生をお救いになりませなんだ」

幸恵が涙目で訴える理由を、蔵人介はようやく合点した。

「そうか、おもいだしたぞ。玄沢どのが俎河岸で町医者をなされていたころ、おぬしはずいぶん世話になったのだったな」

「幼い時分のこととは申せ、腹が痛くなればすぐに駆けこみ、風邪をひくたびにお薬を処方していただきました。弟の市之進などは、悪童仲間に投げられて腰の骨を折ったとき、玄沢先生の手厚い看護のおかげで事なきを得ました。まさか、あの玄沢先生が奥医師の法眼さまにご出世なさるとは予想だにいたしませなんだが、風の噂に慶事を知り、陰ながら喜んでおりました。疎遠になって長い月日が経ったとは申せ、幼いころに受けたご恩は忘れられるものではありませぬ。その玄沢先生が目の前で酷い目に遭っているというのに、手をこまねいておられたのですか」

長い。くどくど文句を言うなと、言いたいところを怺える。

「詮方あるまい。上様の御前ゆえ、差し出口を挟む余地などなかったのだ」

下手に諫言すれば、切腹を申しつけられたにちがいない。

情況を察したのか、幸恵は黙りこんだ。

隣に佇む志乃が、きっと両目を吊りあげる。

「黙らっしゃい。恩のある御仁を助けずして、何が武士（もののふ）か。たとい、上様が立ちはだかろうとも、押しのけて前へ出る気概を持たねばなるまいが」

いつもは黙る蔵人介が、めずらしくも反撥してみせる。

「拙者はお役目を全（まっと）うするのみ。情に流されるようでは、鬼役などつとまりませぬ。そうお教えくだされたのは、ほかならぬ養母上（ははうえ）ではござりませぬか」

「ぬう」

志乃はぎゅっと奥歯を嚙みしめ、何も言わずに踵（きびす）を返した。

遠ざかる白足袋（しろたび）を目で追いかけていると、幸恵が廊下の隅に正座して両手をつく。

「どうか、お許しください。玄沢先生が大怪我を負わされたと聞き、気が動顛（どうてん）したのでござります。義母上（ははうえ）はわたくしのことを気遣い、きついことを仰ったのです。わたくしとしたことが、やり場のない怒りをぶつけてしまいました。どうか、お許しくださいまし」

「もうよい。わしとて玄沢どのには命を救ってもらった身、ひとかたならぬ恩を感じておる。口惜しい気持ちはようわかるし、何もできなかった自分が情けない」

夫婦の会話に立ち入らぬように、串部と卯三郎は一歩退いて気配を殺している。

蔵人介が大小を鞘ごと抜いて雪駄を脱ぐと、幸恵は汚れた足を濡らした手拭いで拭いてくれた。

「今宵の汁の実は鯨の蕪骨にござります」

と聞き、おもわず、眉根を寄せてしまう。

「桜木さまによれば、玄沢先生は歩くことも、喋ることもままならぬご様子とか」

「それはわしも聞いた。一刻も早く快復するのを祈るのみだ」

「快復の兆しがみえましたら、お見舞いに伺ってもよろしゅうござりますか」

「ふむ、いっしょにまいろう」

にっこり微笑むと、幸恵も満足したように夕餉の支度へ向かう。

卯三郎がそばに来て、もじもじしながら告げた。

「じつは、斎藤弥九郎先生からお言付けが」

「おう、どうした」

「それがしの十人抜きを祝っていただけるそうです。五日後の夕、練兵館までご足労願いたいとのことで」

「まいろう。楽しみにしておりますと、斎藤先生にお伝えしてくれ」

「はい、かたじけのう存じます」

卯三郎はお辞儀をし、ほかにも何か言いたそうにする。

「どうしたのだ」

やんわり尋ねると、面を紅潮させた。

「大坂の鐵太郎から文が届きました」

「おう、そうか。あやつめ、何と書いてよこしたのだ」

「蘭方医術の新たな知識を得て、充実した日々を送っているとの由にございます。されど、どれだけ多くの知識を得ようとも、医術を志す者にはけっして忘れてならぬものがあると綴ってございました」

「それは」

「仁にございます。薬礼も払えぬ弱き者を救ってこそ、医者の生きる価値はある。そのことを緒方洪庵先生に学んだと、弾むような筆致で綴ってまいりました」

「さようか」

うっかり、目頭が熱くなる。

蔵人介は卯三郎や串部に動揺を見透かされまいと、下を向いて廊下を歩きはじめた。

四

二日後、夜。

大奥では御台所（みだいどころ）の飼い猫が雲隠れしてしまい、中奥も猫探しの余波で何やら落ちつかない一日だった。

「何せ、上様が五月人形を贈ったほどの雄猫でござる」

嬉しそうに告げた相番の桜木兵庫は宿直（とのい）明けで、すでに城を退出している。

蔵人介が中奥の笹之間で休んでいると、公人朝夕人の土田伝右衛門が影のようにあらわれ、平川門まで足労（そくろう）してほしいと囁いた。

何か、よほどのことでも起こったのであろうか。

「おい、何があったのだ」

闇を泳ぐように進む背中に尋ねても、返事は戻ってこない。

夜空に月は無く、毛のような雨が降っていた。

立ちどまって見上げれば、平川門が聳（そび）えている。

伝右衛門は城門に近づき、脇の潜（くぐ）り戸を抜けていった。

蔵人介も雨に濡れた身を屈め、潜り戸から外へ抜けていく。

突如、龕灯が翳された。

矢のような光を手で遮り、眩しげに目を向ける。

「遅いぞ、蔵人介」

龕灯を持つ門番の脇から、嗄れた声が掛かった。

丸眼鏡の小柄な老臣が佇んでいる。

橘右近だ。

「あれをみよ」

門番から龕灯を奪い、みずから城門の白壁を照らしてみせる。


——たかのまで　坊主怪我させ　しらんかほ

と、墨文字で書かれていた。

「落首じゃ。そっちにもある」

——おかみなら　坊主いぢめも　裁かれぬ

公方の行状を詰る落首が、白壁一面に殴り書きされている。

——この恨み　見事はらさで　おくまいか

などといった意趣返しを暗示させる落首まであった。

「下手人はわからぬ。されど、鷹之間で催された隠れ坊主の中身を知る者が関わっているのはあきらかじゃ。同役の桜木兵庫に聞いたぞ。おぬし、控えの間から一部始終を眺めておったのであろう」

「はい」

「小姓たちのはなしは要領を得ぬでな。奥医師がどんなふうに怪我を負わされたのか、しかと申してみよ」

「すべては、お酔いになった上様のお指図からはじまりました」

蔵人介は落ち着きはらった口調で、みたままを告げた。

橘は聞き終えて深々と溜息を吐き、白壁に目を移す。

「まあ、そんなところであろう。上様にも困ったものよ」

落首をみつけた門番が、震える声で橘に問うた。

「下手人がみつからぬときは、どうなりましょうか」

「おぬしら門番が罪に問われよう」

「えっ、まことに」

「まんがいち、このことが上様のお耳にはいったならば、落首をみつけたおぬしは厳罰に処せられるやもしれぬ」

「……げ、厳罰とは、腹を切ることにござりましょうか」

「いいや、切腹のお許しは出まい。斬首じゃ。おぬしはみずからの首を抱えて、この不浄門から出ていかねばならぬ」

「ぬげっ」

門番は驚くと同時に柄の長い束子を持ちだし、落首を消しにかかる。

「今さら遅いわ。おぬしの上役は深い考えもなく、このことを目付へ注進した。さっそく出張ってきおったのが、筆頭目付の鳥居耀蔵じゃ。鳥居はわしを呼びつけ、小姓たちをひとり残らず吟味するように申しつけた。ふん、偉そうに、いざとなれば責めを負ってもらうと脅しおったわ」

橘は憎々しげに吐きすて、蔵人介を睨みつける。

「あやつのお家芸は、でっちあげじゃ。誰が濡れ衣を着せられようとも驚きはせぬ。いずれにしろ、一刻も早く下手人をみつけだきねばならぬということさ」

門番が地べたに手をついた。

「……お、お願いいたします。橘さま、どうか下手人を」

これだけの落首が書かれているのに気づかなかったのは、門番の落ち度というよりほかにない。どうせ、居眠りでもしていたのだろう。だが、いくら何でも斬首は不憫すぎる。

できるものなら助けてやりたいと、蔵人介はおもった。

橘が身を寄せてくる。

「それゆえ、おぬしを呼んだのじゃ」

「拙者に下手人捜しをせよと」

「ほかに何がある。おぬし、玄沢に助けてもらったことがあろう」

繰りかえすようだが、毒味御用の最中に烏頭毒を食して死にかけた。

そのとき、玄沢がまっさきにあらわれ、喉に指を突っこんでくれた。

胃袋の中身をあらかた吐きだしたおかげで、九死に一生を得たのだ。

それ以来、盆暮れの付け届けを欠かしたことはない。礼を述べても玄沢は「おたがいにお役目を果たしたまでのこと」と、笑って応じる鷹揚さをみせた。

ただ、一方で、町医者をやっていた当時の面影は失せ、奥医師としての傲慢さと横柄さを身につけてしまったようなところもある。薬礼は目の玉が飛びでるほど高く、諸大名からも声の掛かる奥医師が、容易に振りむいてくれるはずはなかった。身の程をわきまえ、親しく交わることを遠慮していたのだ。

「今度はおぬしが助ける番じゃ。下手をすれば、玄沢本人か玄沢の縁者が疑われるかもしれぬぞ」

橘の懸念は、蔵人介の懸念でもある。

「隠れ坊主は上様も関わっておることゆえ、表沙汰にできぬ。されど、おぬしが喋った程度の中身ならば、城内で知らぬ者とておらぬ。腫れ物に触ることになるやもしれぬゆえ、見舞いに訪れる者とておるまいが、家の者はすでに玄沢が怪我を負わされた経緯を知っておろう。さぞかし恨みにおもっているであろうし、鬱憤晴らしに落首を書いたとしてもおかしくはない」

蔵人介が白壁に目をやると、門番がちょうど最後の落首を消しにかかっていた。

――この恨み　見事はらさで　おくまいか

玄沢には町医者のころに知りあった糟糠(そうこう)の妻がおり、年頃の娘と十になった息子もいるはずだ。

盆暮れの挨拶に出向いたとき、何度か目にしている。

利発そうな息子の顔を脳裏に浮かべても、城門に落首を書くような狼藉者(ろうぜきもの)とは結びつかない。

「無論、わしは縁者を疑ってなどおらぬ」

橘は眉間に皺(しわ)を寄せる。

「されどな、鳥居ならば疑いの眸子を向けるやもしれぬ。モリソン号の一件に絡んで田原(たわら)藩家老の渡辺崋山(わたなべかざん)を捕縛した例からもわかるとおり、あやつは狙った獲物を外さぬ。下手人を捕らえてかたちさえととのえば、事の真偽なぞどうでもよいのじゃ。のう、義弟(おとうと)が鳥居の配下におるおぬしならば、きゃつめの手口はわかっておろう。それゆえ、急がねばならぬのよ」

外国商船のモリソン号は、外洋上で救助した日本人の漂流民を送りとどけるのと交換に幕府との通商を求めて来航した。これを幕府や藩は大筒(おおづつ)を並べた軍船と勘違いして恐れ、異国船打払令に基づいて沿岸から砲撃を仕掛けた。退去させはしたものの、一方では沿岸防備の脆弱さを露呈することになった。

幕府の対応を暗に批判した者たちが蘭学者に多かったので、蘭学嫌いの鳥居は不満分子の一掃を企図した。なかでも「蘭学における施主」と評された渡辺崋山は鳥居の標的となり、巧みな罠に嵌められた。捕縛されたのちに永蟄居の沙汰が下されたのは、今からちょうど一年前のことだ。

たしかに、一藩の家老をも罠に陥れた鳥居ならば、理不尽なことでも平然とやってのけよう。

「けっして、あやつのおもいどおりにさせぬ」

橘は玄沢に同情しているというよりも、鳥居の鼻を明かしたい気持ちから命じているようだった。

理由はどうあれ、落首ごときで名医を失うわけにはいかぬ。

井垣玄沢を是が非でも救わねばならぬと、蔵人介は胸に誓った。

## 五

御台所の飼い猫は、中奥の御膳所でみつかった。

賄い方によれば、鯨の蕪骨を懸命に齧っていたという。

消えた猫の一件は解決したが、消された落首のほうは未解決のままだ。

翌日、小雨の降るなか、義弟の綾辻市之進が御納戸町の自邸にやってきた。

筆頭目付の鳥居耀蔵に命じられ、落首の下手人を捜しているのだという。

妻の錦と幼子の幸も連れてきたので、姉の幸恵は嬉しそうにしていた。

市之進は妻子と離れて別室に腰を落ちつけ、険しい顔を向けてくる。

「腑に落ちませぬ。何故、義兄上が落首のことをお調べなのですか」

「橘さまに命じられたのさ。おぬしら目付よりも早く、下手人をつきとめよとな」

「困ります」

「案ずるな。おぬしの邪魔はせぬ」

市之進は、橘から蔵人介にもたらされる「密命」のことを知っていた。

それもあって、疑り深い眸子を向けるのだ。

「おぬしもずいぶん変わったな。以前は頼まずとも手伝いを買ってでたというに、近頃は顔も出さぬ。四角四面の徒目付が、すっかり板につきおって」

「皮肉にござりますか。まことは、鳥居さまの子飼いになりさがったと仰りたいのでしょう」

「ふふ、わかっておるではないか」

「少なくとも、密命のことは喋っておりませぬよ」

「あたりまえだ。喋ったら、義弟でも容赦はせぬ」

「斬りますか、拙者を」

「こたえるまでもあるまい」

市之進はふうっと溜息を吐き、庭の片隅に咲く紫陽花(あじさい)に目をやった。

可哀相に、鳥居という狷介(けんかい)な上役の下で苦労を重ねているのだ。

蔵人介は茶ではなく、酒をすすめたくなった。

「ところで、調べはすすんでおるのか」

さりげなく水を向けると、市之進は我に返る。

「すでに、疑わしき者は絞りこみました」

「まさか、井垣玄沢どのの縁者ではあるまいな」

「そのまさかにござる。義兄上は落首をご覧になりましたか」

「この恨み見事はらさでおくまいか」

門番が最後に消した落首を口ずさむと、市之進はゆっくりうなずいた。

「まさしく、その落首にござります。恐れ多くも上様への意趣返しが込められている。隠れ坊主の一件で上様に恨みを抱いた者の仕業としか考えられませぬ。そうなると、あてはまる人物はかぎられてまいります」

蔵人介は口を真一文字に結び、義弟を睨みつけた。

「おぬし、本気で玄沢どのの縁者を疑っておるのか」

「いけませぬか。橘さまのご詮議によれば、御小姓衆に怪しい者はひとりもおらなんだそうですからね」

「隠れ坊主を眺めていたのは、御小姓たちだけではない。このわしも控え部屋からみておったのだぞ」

「それは知りませなんだ。されば、義兄上も詮議させてもらわねばなりませぬ」

ぴんと、空気が張りつめた。

「本気か」

「冗談ですよ。義兄上が落首をお書きになるはずはない。それより、下手人にお心当たりは」

「ない。されど、中奥勤めの者で隠れ坊主の経緯を知らぬ者はおらぬ。玄沢どのが大怪我を負ったことはすぐに噂で広まったゆえ、誰であろうと落首を書くことはできたはずだ」

「それは憶測にすぎませぬ」

したり顔で腕を組む市之進が、憎らしくなってくる。

「鳥居さまは、どう出るおつもりだ」

「手詰まりになったら、奥医師に縄を打つしかないと仰せです」

「何を莫迦な。玄沢どのは歩くことも、喋ることもままならぬのだぞ」

「喋るほうはできるようになったと聞きました。それゆえ、直に伺ってみようかと」

「されば、わしもまいろう。じつは、幸恵もお見舞いに行きたがっておってな」

「えっ」

驚く市之進の顔を、探るように覗きこむ。

「幸恵の気持ち、わからぬおぬしではあるまい」

「お聞きになられましたか」

「ああ、玄沢どのには頭があがらぬそうではないか」

「さようにござります。わたくしとて、できることなら縄など打ちたくない。されど、お役目はお役目にござる。情に流されてはお役目など全うできぬと、義兄上も仰ったではありませぬか」

蔵人介は返しの一刀を躱すかのように、はなしを変えた。

「そう言えば、お義父上のご様子はどうだ」

「惚けのほうは、かなりすすんでおります」

朝餉や昼餉をとったことすら忘れることがあるという。

「お義母上は」

「父の変わりように戸惑い、正直なところ、疲れ果てております」

「さようか。錦どのもたいへんだな。気丈にみえて、苦労なさっているとみえる」

「化粧を拭えば、目の下に隈をつくっております。昨夜も眠れぬ夜を過ごしました。されど、義兄上には感謝いたしております。なにせ、姉上を心置きなく俎河岸のほうへ送りだしてくださる。おかげで、錦の負担もずいぶん軽くなりました」

感謝すべき相手は、むしろ、志乃のほうであろう。

こちらの家は放っておきなさいと言い、幸恵を快く実家へ送りだしていた。

市之進もわかっている。

「さすが志乃さま、なかなかできぬことにござります」

「養母上は『わたしは惚けたら舌を嚙みます』と仰っているが、おそらく、そうはすまい。誰よりも長生きするにきまっておる」

「はは、仰せのとおりかもしれませぬ」

市之進は力なく笑い、ふたたび、雨に濡れた紫陽花に目を移す。

「あの紫陽花、ひとの首にみえ申す」

ぽつりと吐いた台詞が、不吉な出来事を予感させた。

六

翌日は非番だったので、蔵人介は幸恵とともに井垣玄沢の見舞いに訪れた。

井垣邸は半蔵御門を出て左手、麴町一丁目の一角にある。

大路に沿って軒を並べる三階建ての屋敷群は、中奥や大奥で診療にあたる奥医師たちの住まいだ。

幅を利かせているのは本道の医者だが、外科、口中、眼科などの医者もいる。御番料は百俵にすぎぬものの、実入りは多い。城への出仕は一日おきでよいので、大名や大身旗本や豪商などから請われれば往診におもむく。権門駕籠に乗って従者を何人もしたがえ、とんでもない薬礼を取る。薬礼以外にも弁当代と称して御礼を取り、金蔵から溢れるほどの蓄えを築いていた。

貧乏人は診てもらうこともできない。三階建ての屋敷へ住まうことを許されるのは、権威の衣を纏った高慢ちきなお抱え医師だけというのが、市井の人々が抱く感覚にほかならなかった。

今日も鬱陶しい小雨が降っている。

「玄沢先生は評判のよいお医者さまでした」

と、幸恵は自分のことのように自慢する。

たしかに、玄沢はみずからの力で奥医師の地位を手に入れた。町医者から実力でのしあがったのだ。

幸恵の記憶によれば、生まれたのは伊勢の在にある貧しい百姓だった。幼い時分に流行病で母を失い、医者になろうと決めたらしい。近くにあった寺の小坊主になり、伝手をたどって華岡青洲の「春林軒」で学ぶ機会を得た。長崎にも留学し、和蘭の外科手術も修得した。そして、江戸の俎河岸で開業し、少なくとも五年程度は診療をつづけていたという。

「先生の評判を聞きつけ、遠くのほうからも患者が訪れておりました。あるとき、小石川にある安藤さまの御上屋敷から、お呼びが掛かったのだそうです。急いで伺ってみると、お殿さまが癪で苦しんでおられました。先生は少しも慌てず、お殿さまをたちどころにお救いなされたのです」

二十数年前のはなしだが、俎河岸のほうでは「手妻を使ったにちがいない」と、今でも語り草になっているという。

藩主を救った縁から、玄沢は紀州家の付家老でもある田辺藩安藤家のお抱え医者になった。さらに実績を重ね、幕府直属の医師養成所でもある医学館へ金瘡外科の指南役として招かれた。そして今から三年前、五十の手前で公方の脈診を担う奥医師として招聘され、法眼の官位も得た。

絵に描いたような出世物語である。

玄沢は安藤家に仕えるようになってから嫁取りをしたので、幸恵は妻子のことを知らない。聞くところによれば、俎河岸で世話になった大家の娘を娶ったらしい。いわば、糟糠の妻であった。一女一男の子宝に恵まれ、暮らし向きも順風満帆にみえた矢先、城内中奥の鷹之間にて不幸な出来事に見舞われたのだ。

「会っていただけるかしら」

楼閣のごとき屋敷を仰ぎ、幸恵は気後れでもしたのか、しきりに溜息を吐いた。

髪が濡れぬように蛇の目を差しかけ、蔵人介は大丈夫だとうなずいてみせる。

おもいきって敷居をまたぐと、表玄関に窶れきった妻女があらわれた。

用向きを伝え、幸恵が茶菓子を手渡すと、驚いたような顔をする。

どうやら、見舞いに訪れる者もいないらしい。

しかも、武家の主人が妻同伴で訪れるのは稀なことだ。

玄沢の妻女は、理由を知りたそうな素振りをみせる。

「じつは俎河岸におられたころ、弟ともどもお世話になりました」

幸恵が幼いころの思い出を語ると、妻女の顔にぱっと光が射した。

手を取るように招かれ、病床に案内してもらえることになる。

招じられた居間で煎茶を頂戴しながら、少しだけ待たされた。

障子を開けると、箱庭をのぞむことできる。

幸恵は「あれは釣鐘草、あれは十薬、そして向こうのは石榴」と、花の名を楽しげに口ずさんだ。

派手にならぬように、紺地の小紋を纏っている。

黒紋付きの蔵人介と並んでも、見劣りすることのない武家女の物腰だ。

薄化粧をほどこした妻女があらわれ、先に立って離室へ導いてくれた。

廊下をたどっていくと、離室の襖は庭に向かって開けはなたれている。

部屋のまんなかに敷かれた布団のうえで、玄沢は上半身だけ起こしていた。

十になる息子が後ろで背中を支え、島田髷の愛らしい娘は枕元にかしこまっている。

「やあ、鬼役どの。よくぞ、お越しくだされた」

蔵人介が下座に腰を落ちつけるなり、玄沢は声を弾ませた。

足はまだ動かせぬようだが、おもったよりも元気そうだ。

「ささ、こちらへ。もそっと近う」

言われるがままに、膝を寄せていく。

「ご妻女もこちらへ。ふふ、幸恵どのであったな。そのお顔、幼いころの面影がちゃんと残っておる。たしか、御徒目付の娘御であったな」

「はい」

幸恵が嬉しそうに応じると、玄沢は眸子を細めた。

「まさか、そなたがお毒味を家業とする矢背家に輿入れするとはな、これもまた数奇な縁と言うしかあるまい」

玄沢は妻子を紹介してくれた。

市井出の妻は千代、娘は民、息子は仁という。

「まさか、矢背どのが見舞いに来てくれるとはな、予想もせんかったわい」

「ほかにどなたか、みえられましたか」

「いいや、ひとりも来ぬ。腫れ物扱いさ。民にもいくつか縁談が舞いこんでおったが、ことごとく断りの申し入れがあった。ふん、武家とはそうしたものだ。上り調子のときにしか顔をみせぬ」

玄沢は疲れたのか、下を向いて黙りこむ。

長居してはならぬと合点し、尻を持ちあげかけると、ふたたび、顔をあげて喋りはじめた。

「落首のことは聞き申した。矢背どのもご存じであろうな」

「はい」

「無論、おぼえのないことだし、上様を恨む気持ちなど露ほどもない。されど、そう考えぬ者もいる。怪我を負った奥医師が鬱憤晴らしにやったと勘ぐる者も少なくない。見舞いの客が訪れぬのは、落首のせいでござろう。そうしたなか、矢背どのだけは訪れてくれた。まさしく、疾風に勁草を知るおもいでござるよ」

玄沢が涙ぐんだので、幸恵がたまらずに口を挟んだ。

「わたくしの息子も、大坂で医術を学んでおります」

「ほう、どなたのところで学んでおられる」

「緒方洪庵先生のもとにござります」

「それは重畳、蘭方医として常に一線におられる御仁だ。ご子息はきっと、よき医者になられるであろう」

幸恵は膝を躙りよせる。

「先生のようになっていただきとうござります」

玄沢は首を振った。

「それはちがう。幸恵どの、わたしはまちがっておった」

「えっ、何を仰います。いったい、何をまちがっておられたと」

「申すまでもない、奥医師をお受けしたことだ。そもそも、安藤家にお仕えしたのがまちがいのはじまりであった。町医者のままでよかったのだ。わたしには野心があった。医学館で認められ、奥医師に出世できれば、微力ながら医術の進歩に貢献できると考えていたのだ。されど」

玄沢は深い溜息を吐き、辛そうに喋りつづける。

「いざなってみれば、奥医師がいかに虚しいものであるかわかった。高額な薬礼と引換えにお大名や豪商の脈診をおこない、気づいてみればこのとおり、三階建ての屋敷に住んでおる。すべては金だ。権威の衣を纏うことに汲々とし、肝心なことを忘れてしまった」

「肝心なこと」

「さよう、医者は市井に暮らす人々のためにある。薬礼も払えぬ貧しい人々を救ってこそ、医者の生きる道はある。すなわち、仁の道を究めねばならぬ。そのことを忘れておった。息子に仁と名付けた初心を忘れては、もはや、医者とは呼べまい。こたびの出来事で、そのことを肝に銘じ申した」

淡々と告白することばには、痛々しいほどの信念が感じられる。

玄沢は軽く咳きこんだあと、重大な決意を吐露してみせた。

「まともに歩けるようになるまで、少なくとも三月はかかろう。これを好機に、奥医師の任を解いていただく所存だ。無論、法眼の官位もお返しする。こんなものは飾りにもならぬゆえな」

「奥医師をお辞めになって、どうなさるおつもりですか」

幸恵の問いかけに、玄沢はにっこり笑って応じた。

「町医者に戻る。ここにおる連中も、それがよいと賛同してくれた」

妻も子どもたちも、心の底から満足げに微笑んでいる。

苦労して築いた権威をみずから放棄するのは難しい。それをあっさりやってのけようとする潔さに、蔵人介は医者の心意気をみたおもいだった。

町医者に戻った玄沢のもとには、患者が殺到することであろう。

妻子ともども支えあって困難を乗りきる様子が、はっきりと脳裏に浮かんでくる。

蔵人介は幸恵と顔を見合わせ、どちらからともなくうなずいた。

## 七

翌十一日、夕刻。

蔵人介は卯三郎に連れられ、九段坂上の練兵館へやってきた。

斎藤弥九郎の練兵館は神道無念流の道場で、全国津々浦々から入門を希望する者が集まってくる。卯三郎は斎藤のもとで厳しい修行を重ね、三月前に「十人抜き」の快挙を達成して師範代格となった。

今宵はその祝いを盛大にやると聞いてきたのだが、薄暗い道場の内はがらんとしている。

目を凝らせば、中央の神棚を背にして、巌のような人影が蹲っていた。

斎藤弥九郎である。

眼光を炯々とさせ、じっと待ちかまえている。

「先生、養父を連れてまいりました」

心なしか、卯三郎の声も震えていた。

巌がゆらりと動く。

「よくぞ、お越しくだされた」

重厚な声が腹に響いた。

蔵人介が裸足で道場に上がると、斎藤はいったん壁のほうに向かい、長さ三尺余りの竹刀を二本携えてくる。

「矢背どの、以前、冗談半分に一度お手合わせ願いたいと申しあげたことがござった。おぼえておいでか」

「無論にござる」

「冗談ではなく、かねてより機会を窺っており申した。十人抜きの祝いなどと嘘を吐いてすまなんだが、そうでもせねばお越しいただけぬとおもうたものでな。矢背どのとの申しあい、卯三郎にとってもまたとない祝儀になるとおもうが、いかがでござろう。立ちあっていただけまいか」

蔵人介は表情も変えず、こっくりうなずいた。

「のぞむところでござる」

「かたじけない」

斎藤は巨軀を揺すって近づき、竹刀を一本手渡す。

蔵人介は大小を卯三郎に預け、素早く袖に襷を掛けた。

相手が斎藤弥九郎だとおもえば、昂ぶる気持ちを抑えきれなくなる。

剣客本来の熱い血が全身を駆けめぐり、どうにも肩に力がはいった。

「田宮流の居合を得手とする矢背どのなれば、少しばかり勝手がちがうかもしれぬ。

何せ、鞘の内では勝負できぬからな」

「お気になさるな」

「されば、勝負は一本にて決する。それでよろしゅうござるか」

「異存はござらぬ」

「まいる」

「いざ」

ふたりは左右に分かれ、相青眼で対峙した。

卯三郎は道場の隅に正座し、ごくっと生唾を呑む。

斎藤弥九郎と言えば、江戸でも三指にはいる剣客だ。

巨軀からは想像もできぬ身のこなしは、斎藤同様に今をときめく北辰一刀流の千葉周作から「俊敏、神のごとし」と賞賛されていた。

間合いは五間、両者の力量であれば一瞬で詰められる。

だが、斎藤も蔵人介も先手を取って動こうとはしない。

力量に差が無い場合、さきに動けば不利になる。

卯三郎でも、その程度の剣理はわかっていた。

仕掛けたほうは陰陽の陽となり、陰となった相手の餌食となるのだ。

陰はあらかじめ陽の内に潜んでいるという教えは、柳生新陰流の極意でもあった。

この極意はあらゆる流派に通用する。それゆえ、剣術に習熟した者は相手を誘って仕掛けさせ、相手の繰りだした太刀筋に乗って勝とうとする。

ただし、それではいつまで経っても勝負がつかない。

「ぬん」

斎藤が動いた。

床を踏む足の拇を反って浮かせ、浮足で滑るように間合いを詰める。

そして、上段から竹刀をやや右斜めに倒した横雷刀に構えるや、天井を突きやぶらんとするほどの気合いを発し、順勢に斬りおろしてきた。

――ぶん。

太刀風が頬を舐める。

双手（もろて）を打たれる寸前、蔵人介は不動明王（ふどうみょうおう）のごとく竹刀を立てた。

――ばしっ。

一撃をもろに受ける。

つぎの瞬間、からだごと真横に吹っ飛んだ。

が、床の上で横転し、すぐさま起きあがる。

斎藤は身を退き、追い討ちをかけてこない。

根が生えたように動かず、青眼に構えなおす。

「力量をためすべく、わざと受けられたか」

「いかにも。おもった以上に、重い一撃にござった」

「ふふ、わしの大山陰（おおやまかげ）を受けた御仁は、貴公で三人目だ。ひとり目は直心影流（じきしんかげりゅう）の男谷精一郎（おだにせいいちろう）、そして、ふたり目は北辰一刀流の千葉周作」

「それがしなど、おふたりの足許にもおよびませぬ」

「ご謙遜（けんそん）なさるな。貴公の身のこなし、ふたりの剣豪に勝るとも劣らぬ」

一刀を交えただけで、斎藤にはわかるのだ。

「くく、久方ぶりに血が騒いできおった。されば、まいる」

斎藤はさきほどよりも深く沈みこみ、五間の間合いを一気に詰めた。

撃尺（げきしゃく）の間境（まざかい）を踏みこえるや、平青眼（ひらせいがん）から二段突きを繰りだす。

——ぎゅん。

眼前に伸びる切っ先を、蔵人介は横三寸の動きで躱した。

と同時に、返しの抜き胴を払ったが、斎藤は半身に開いてこれを避ける。

双方は反転しながら大上段に竹刀を振りあげ、ほぼ同時に打ちおろした。

「へや……っ」

気合いと気合いが激突する。

——がつっ。

たがいに鎬（しのぎ）をひしぎ打ち、竹刀は空を切った。

両者は反撥するように離れ、ふたたび対峙する。

「ほう」

斎藤は大きく息を吐き、脇構えに構えなおした。

まるで、藪の内に潜む虎のようだ。

一方の蔵人介は、右八相（みぎはっそう）に竹刀を持ちあげる。

みつめる卯三郎は、瞬きすらできない。

「力みのない構えだ」

斎藤が淀みなく喋りはじめた。

「勝ちたい気持ちが微塵も感じられぬ。真剣で対峙いたせば、攻め機を逸するやもしれぬな」

「攻め機」

「さよう、攻め機を逸すれば、勝つ見込みは薄くなる。そうなれば、一か八かの手に出るしかない」

斎藤は立ちあがり、竹刀を抛った。

「卯三郎、一尺五寸の竹刀を持て」

「……は、はい」

卯三郎は弾むように立ちあがり、要求された短い竹刀を刀架けから外してくる。

これを手渡された斎藤が、にやりと笑みを漏らした。

「すまぬが、小太刀に擬した竹刀でやらせてもらう。そちらは三尺三寸ゆえ、長さに一尺八寸の差がある。どちらが有利かは必定、文句はあるまい」

「よろしゅうござる」

斎藤は前触れもなしに迫り、喉元めがけて突いてきた。

蔵人介は反動もつけず、右八相から袈裟懸けに斬りおとす。

刹那、斎藤は半身となって一撃を避け、懐中深く飛びこんできた。

正対して竹刀を持ちあげ、おのれの人中路に沿って一気に振りおろす。

「ぬん」

間を詰められすぎて、対応できない。

蔵人介は咄嗟に右の掌を返し、落ちてきた竹刀の切っ先を掴んだ。

掌を返さねば、拇をしたたかに打たれているところだ。

骨が折れれば箸を握るのも難しくなるので、そうするしかなかった。

無論、真剣ならば斬られている。

さすがは斎藤弥九郎、身を挺して懐中深く飛びこみ、短い竹刀の利点を生かして勝ちきった。

「まいりました」

蔵人介が片膝をついて頭を垂れると、斎藤はふうっと息を吐きだす。

「今の技は秘中の秘、月陰にござる。これしか通用せぬとおもうて試みたが、どうにも勝ちを拾った感じはせぬ」

「いいえ、それがしの負けにござります」

卯三郎が立ちあがり、興奮の面持ちでやってくる。

立ちあったふたりよりも、吹きだす汗の量が多い。

「先生、小太刀による突きからの双手刈り、死中に活を求める必殺の月陰、しかと目に焼きつけました」

「さようか」

斎藤は素っ気なく応じて奥へ引っこみ、無骨な薩摩拵えの大小二刀を携えてきた。

蔵人介に向きなおり、ぐいっと胸を張る。

「秦光代の刀と脇差でござる。刀は刃長で三尺三寸、脇差は一尺五寸ござってな、さきほど対峙した竹刀の長さと同じでござる。刀のほうは十人抜きの祝いじゃ。ほれ、卯三郎、受けとるがよい」

「……よ、よろしいのですか」

「かまわぬ、そのために用意しておいたのだ」

「ありがたき幸せに存じまする」

卯三郎は眸子を輝かせ、手渡された宝刀の重みを確かめる。

さらに、斎藤は脇差のほうを蔵人介に差しだした。

「この脇差は『鬼包丁』と呼ばれており申す。どうか、矢背どのに貰っていただきたい」

「何故、それがしに」

「卯三郎を跡目に定めていただいた御礼にござる。秦光代の鬼包丁はかならずや、矢背どののお役に立ちましょう。鬼に金棒ならぬ、鬼役に鬼包丁でござるよ。どははは」

裏の役目を知ってか知らずか、斎藤は大笑しながら鬼包丁を押しつけてくる。

「されば、ありがたく頂戴つかまつる」

脇差を受けとった掌は、蚯蚓腫れになっていた。

二日もすれば、腫れも引こう。

いずれにしろ、箸を持つ邪魔にはならない。

斎藤弥九郎の必殺技をこの身で知ったとおもえば、安い束脩と言わねばなるまい。

暇を告げて道場の門を抜け、卯三郎とふたり、すっかり暗くなった帰路を歩きはじめた。

雨上がりの夜空には、わずかに欠けた月がある。

「久方ぶりに月をみたような気がするな」

蔵人介のつぶやきに、卯三郎もうなずいた。

この日、井垣玄沢に斬首の命が下されたことを、ふたりはまだ知る由もない。

心地好い疲れと勝負の余韻に浸りながら、家路をのんびりとたどっていった。

八

翌早朝、井垣玄沢は小伝馬町牢屋敷の片隅で首を落とされた。

朝一番で訃報をもたらしたのは、義弟の市之進である。

蔵人介はことばを失った。

幸恵は驚きすぎて、気を失いかけたほどだ。

「何者かが落首のことを上様のお耳に入れたのです」

激昂した家慶から「下手人を一刻も早く捕縛せよ」との厳命があり、老中の水野忠邦と子飼いの鳥居耀蔵が決断を下した。市之進にとっても寝耳に水の出来事で、捕縛に行かされずに済んだことがせめてもの救いとなった。

もちろん、あきらかな濡れ衣である。主人を失った井垣家の扱いは沙汰待ちとなり、妻子は三階建ての屋敷から出て、今は妻の実家へ身を寄せているという。また、落首をみつけた門番とその上役にも遠島という厳しい沙汰が下りた。

「莫迦な」

蔵人介は怒りを抑えきれない。

だが、市之進に怒りをぶつけたところで詮無いはなしだ。

やりきれぬおもいを抱えたまま、千代田城へ出仕した。

中奥は奥医師が首を落とされた話題で持ちきりになっている。

「矢背どの、お聞きになったか。玄沢の首、牢屋敷の門前に晒されるそうにござるぞ」

囁いてきたのは、噂好きの桜木兵庫だ。

肥えたからだを汗で濡らし、生臭い息を吐きかけてくる。

返事もせずに控え部屋から逃れ、御膳所へ通じる廊下に出た。

お城坊主がひとり目にとまる。

名は雀阿弥、表向と中奥のあいだを行き来する蝙蝠坊主だ。

何故か、笑いを噛み殺している。

その様子が気になり、そっと後を尾(つ)けた。
雀阿弥は廊下の片隅で立ちどまり、若い小姓を呼びとめる。
「藤木さま」
呼ばれたのは、横顔に幼さの残る藤木蒼馬だ。
家慶の面前で玄沢から恥を掻かされた小姓にまちがいない。
雀阿弥は身を寄せ、何事かを囁いた。
「法橋(ほっきょう)さまからよしなにと」
声は聞こえずとも、蔵人介には唇の動きでわかる。
囁かれた藤木の顔は、蒼白に変わっていた。
妙だ。気になる。
即座に、玄沢の一件と結びつけた。
雀阿弥の言った「法橋」とは何者なのか。
蔵人介はどうしても知りたくなり、先廻りして廊下の隅で待ちかまえた。
周囲に人の気配が無いのを確かめ、懐紙(かいし)で鼻と口を隠す。
何も知らずにやってきた雀阿弥は、ぎょっとして立ちどまった。
考える暇を与えず、当て身を喰(くら)わせて納戸部屋へ押しこむ。

手拭いで目隠しをしてから、活を入れて覚醒させた。

「ひっ」

雀阿弥は恐ろしさの余り、悲鳴をあげかける。

すかさず口を掌で押さえ、耳許に囁いた。

「一度しか聞かぬ。法橋とは誰のことだ」

掌を外してやると、雀阿弥は息を弾ませた。

落ちついたところで、もう一度問いかける。

「法橋の名を吐け」

「……し、設楽良周（したらりょうしゅう）さまにございます」

たしか、表向に詰める御番医師のひとりだ。

ふたたび当て身を食わせ、雀阿弥を眠らせる。

蔵人介はその足で城外へ抜けだし、串部を呼びつけて指示を与えた。

落首を書いた真の下手人を突きとめるべく、動きださねばならない。

――町医者に戻る。

という玄沢の発したことばが耳に甦ってきた。

死なせてしまった口惜しさは喩（たと）えようもないほどだが、せめて汚名を雪（そそ）いでやらねばなるまい。

翌夕、役目が明けてから、蔵人介は家に帰らず、芳町の一膳飯屋へ向かった。

見世にぶらさがった青提灯には『お福』とある。

串部が以前から馴染んでいる見世だ。

色っぽい女将のおふくは、吉原の花魁だった。身請けしてくれた商人が抜け荷に絡んで落ちぶれたあと、裸一貫からこの店を立ちあげた。そうした逸話を好む連中が夜な夜な集まってくる。

串部もそのひとりだが、誰よりもおふくに寄せる恋情は強い。

ただし、今宵は、恋情を告げられぬ従者をからかう気はなかった。

串部もそれと察し、屏風の立てまわされた板間の奥に陣取っている。

平皿には、色づきも鮮やかな煮茄子の酢漬けが載っていた。

酒は下り物の満願寺が特別に出されている。

「それがしひとりでは、こうはまいりませぬ」

串部は皮肉を言い、昨日から寝ずに調べた内容を喋りはじめた。

「法橋、設楽良周の素姓がわかりましたぞ。三代前から安藤家に仕える医家にござります」

紀州家付家老のお抱え医師だけあって薬礼はべらぼうに高く、庶民はとてもではないが診てもらえない。

「横柄で鼻持ちならぬ医者にござる」

その良周が今から一年前、玄沢と奥医師の座を争って負けた。

同じ安藤家から同時期にふたりは推薦できぬという不文律(ふぶんりつ)があり、偶(たま)さか藩主の癪を治した玄沢のほうに白羽(しらは)の矢が立ったのだ。

「良周は口惜しがり、いっそう狷介(けんかい)さを増していったそうです」

串部が小石川の安藤屋敷へおもむき、番方(ばんかた)のひとりに酒を呑ませて聞いたはなしだという。

良周は諸方に賄賂(まいない)を贈りつけ、半年ほど経ったのちにようやく御番医師の地位を手に入れた。ただし、奥医師よりも低い身分なので、手にできた官位も法眼よりも一段低い法橋であった。

負けず嫌いの良周が嫉妬に燃えたであろうことは想像に難くない。

「藤木蒼馬との関わりもわかりましたぞ。藤木の母親が長らく胸を患っており、高価な高麗(こうらい)人参を買えずに困っていたところ、それを聞きつけた良周が親切ごかしに手を差しのべたのでございます」

藤木は公方の御刀役でもあるので、恩を売っておけば役に立つと踏んだのだろう。


「思惑どおり、良周は藤木に命じ、あることをやらせた」

「落首か」

「おそらくは」

法眼の官位を得るには、同じ安藤家の推薦で奥医師となった玄沢が邪魔だった。

「目の上のたんこぶである玄沢に罪を着せるべく、良周が仕組んだのではあるまいか。拙者はそうおもいます」

串部の描く筋書きは納得できる。

雀阿弥の囁いた「法橋からよしなに」という内容とも繋がった。

が、いまだ憶測の域を出ない。

みずからの野心を満たすだけのために、それほど危ない橋を渡ろうとするものだろうか。

「まだ裏がありそうですな」

そこへ、市之進がひょっこりあらわれた。

「おう、来たか」

じつは、藤木蒼馬の様子を探らせていたのだ。

「まずは一献（いっこん）」

串部に注がれた諸白（もろはく）をひと息に呷り、市之進は紅潮した面持ちで吐きすてる。

「城外で妙なものをみてしまいました」

宿直（とのい）明けの藤木を尾行して半蔵御門の外へ出たところ、門の脇に侍がひとり待ちかまえていた。

「林さまです」

「組頭の林銑八郎か」

蔵人介の問いに、市之進はうなずいた。

「じつは以前から、林さまは衆道（しゅどう）であるとの噂がござりました」

「知らなんだな」

というより、関心がなかった。

噂は真実らしく、見目のよい藤木は林に狙われていたらしい。

藤木は嫌々ながらも上役の誘いを拒むことができず、半蔵御門から少し離れた暗がりへ連れていかれた。市之進は気づかれぬように追いかけ、すぐそばの塀にへばりつき、ふたりのはなしに耳をそばだてた。

「林さまは執拗に言い寄り、何度も『言うことを聞けば悪いようにはせぬ』と囁かれました」

市之進は藤木を不憫におもい、わざと咳払いをして気づかせた。

ふたりは身を離し、藤木は逃げるように走りさったという。

一方、林は恨みの籠もった目で市之進を睨みつけてきた。

が、徒目付と知った途端、舌打ちをして背中を向けた。

「そのふたり、どういう関わりなのだ」

林は「主人設け」で玄沢と同じ御餐をつとめていただけに、やはり、その動向は気に掛かる。

この夜、三人は酒を酌みかわしながら、遅くまで密談をつづけた。

そして、より詳しく調べをすすめていった。

しかし、この日から二日後、またもや凶事が起こった。

藤木蒼馬が自刃したのである。

# 九

遺書はない。

あったのかもしれぬが、ないというはなしになっている。

落首の下手人と目される藤木蒼馬が自刃したことで、井垣玄沢の無実は証明できなくなった。

満月は分厚い黒雲に閉ざされている。

蔵人介は通夜(つや)に向かうべく、串部ともども雨の番町(ばんちょう)に足を踏みいれた。

「良心の呵責(かしゃく)があったのでござりましょう」

串部が後ろから喋りかけてくる。

落首を書いた張本人ならば、藤木にもそうした気持ちはあっただろう。

何しろ、奥医師の玄沢は濡れ衣を着せられ、断罪されてしまったのだ。

「いったい、どこで道を踏みはずしたのか」

藤木の実家は旗本なので、屋敷のつくりはたいそう立派だった。

門の脇には白張提灯(しらはりぢょうちん)がぶらさがり、弔問客もちらほらみえる。

門を抜けて玄関の敷居を越えると、案内の者が会釈をした。
顔見知りの小姓だ。
抹香(まっこう)臭い廊下の向こうから、啜(すす)り泣きが聞こえてくる。
ほとけの寝かされた仏間には、身内が集まっていた。
哀れなのは、胸を患っている母親だ。
母親に高価な薬を服用させるために、孝行息子は無理をした。
父親が生きていれば、甘言に乗らなかったはずだ。
だが、父を早くに亡くし、自分が家を支えねばならなかった。
無理をして一線を踏みこえ、命を縮めたのだ。
母親は何も知るまい。
知れば、正気を失うであろう。
無残といえば無残なはなしである。
だが、子を失っても悲しんでいる暇はない。
気丈さを保ち、通夜を仕切らねばならぬからだ。
弔問客の応対に追われているのは、元服(げんぷく)したばかりの弟だった。
代々小姓として徳川家に仕えてきた藤木家を、この弟がすんなり継げるかどうかはわからない。
当主であった兄は、理由も告げずに自刃した。
何らかのお咎めがあることは必定で、藤木家の存続も危ぶまれている。
ともあれ、今は滞りなく法要をおこなうのが先決だ。
藤木蒼馬は胸の上で手を組み、褥に横たわっている。
顔はみえぬが、安らかに眠っている様子だった。
蔵人介はお悔やみを済ませ、仏間から退出しかけた。
と、そこへ。
赤ら顔の大柄な侍がのっそりあらわれた。
林銑八郎である。
足許もおぼつかぬほど酩酊していた。
立ちふさがる小姓たちを押しのけ、ほとけのそばへ近づいていく。
驚いた母親や弟には挨拶もせず、焼香台のまえで屈むや、香炉の灰をがっと摑んだ。
「ぬおっ」
吼えながら灰を宙にばらまき、亡骸に縋りつく。

「くう……うう」

慟哭しはじめた。

心の底から悲しいのだ。

衆道の情愛は凄まじい。

周囲のみなは呆気にとられた。

林は外聞も顧みずにしばらく泣きつづけ、やがて、何事もなかったかのように泣きやむと、部屋からすたすた出ていく。

蔵人介は急いで、林の背中を追いかけた。

門から外に飛びだし、狭い露地を駆けぬける。

ひとつ目の辻を曲がりかけ、林は振りむいた。

ぐっと左右の足を開き、刀の柄に手を添える。

「わしに何か用か」

三白眼で睨みつけられ、蔵人介も身構えた。

酔ってはいても、そこは柳生新陰流の手練、いざとなればしゃんとする。

「こたえぬのか。ならば、死ぬがよい」

林は見事な手並みで抜刀し、一長足に斬りつけてきた。

——ひゅん。

順勢の袈裟懸けだ。

並の者なら斬られている。

蔵人介は胸先三寸で避けた。

避けただけでなく、愛刀の来国次を抜きはなつ。

刃長二尺五寸、梨子地に艶やかな丁字の刃文が閃いた。

だが、鍔元で反りかえった名刀の風貌を、林は目にできない。

すでに、国次は黒鞘に納まっている。

——ちん。

鍔鳴りとともに、林の袖が落ちた。

「ぬげっ……な、何者だ」

問われてもこたえず、蔵人介は身を沈める。

抜き打ちの二撃目を避けるべく、林は刀を納めた。

「待て……お、おぬし、鬼役か」

「いかにも、矢背蔵人介でござる」

「どうりで、歯が立たぬはずだ」

素直に力量を認めるのは、蔵人介が幕臣随一の手練と知っているからだ。

「御前試合で何度もみた。おぬしにだけはかなわぬと、いつもおもうておったわ。それにしても、何故、わしを尾ける」

「藤木蒼馬どののことをお伺いしたい」

「いったい、何を」

「平川御門の落首、書いたのは藤木どのだったのではあるまいか」

わずかな沈黙のあと、林は不敵な笑みを漏らした。

「何故、さようなことをわしに聞く」

「組頭の林さまなれば、組下の悩み事もご存じかと」

「藤木が落首のことで悩んでおったと申すか」

「いかにも」

「根拠は」

「手前勘でござる」

林は眸子をぎらつかせ、弾かれたように笑いだす。

「ふはは、妙なはなしよ。鬼役のそなたがどうして、目付まがいの探りを入れるのだ。もしや、おぬし、誰ぞの密偵か」

「いいえ、落首の濡れ衣を着せられた井垣玄沢どのに恩がござる」

「なるほど、それでか。奥医師の汚名を雪ぎたいのだな」

「何とでもお考えくだされ」

蔵人介の背後へ、従者の串部も近づいてきた。

そちらへ目をやり、林はふんと鼻を鳴らす。

「わしに問うたところで、何も出てこぬぞ。わしはわしのやり方で、藤木の仇（あだ）を討つ。おぬしはおぬしのやり方で、奥医師の汚名を晴らすがよかろう」

意味深長（しんちょう）な台詞を残し、林は後退（あとじさ）っていった。

どういうやり方で仇を討とうというのか。

「そもそも、仇とは誰なのでしょう」

と、串部が惚（とぼ）けたように聞いてくる。

それを探りあてるためにも、御番医師の設楽良周に会ってみるのが早道かもしれぬ。

蔵人介は林の消えた闇をみつめ、浮かぬ顔でそうおもった。

## 十

義弟の市之進は、筆頭目付の鳥居耀蔵から叱責を受けた。

同じ徒目付の告げ口によって、落首の件を探っているのがばれたのだ。

鳥居は玄沢に濡れ衣を着せることで、強引に幕引きをはかろうとしている。

それは老中首座の水野忠邦にも了解を得ていることゆえ、真実をほじくりかえしたくないのだ。

そうであればなおさら、あきらめずに最後まで抗いたくなった。

市之進が自重せざるを得なくなっても、調べはつづけていくつもりだ。

幸い、橘右近は密命を解いておらず、公人朝夕人の助けは今も得られる。

藤木蒼馬の自刃によって真実の行方が混沌としつつあるなか、またもや、由々しき出来事が起こった。

通夜の翌晩、林銑八郎が斬殺されたのだ。

蔵人介はさっそく串部を遣わし、殺しの情況を調べさせた。

家の者によれば、林は浅草向柳原の医学館を訪ねたあと、何者かに斬られたのだという。

「一刀で胸を深々と剔られておったとか」

検屍した町方役人は物盗りの仕業と決めつけたが、おそらく、そうではあるまい。昨夜は月が煌々と輝いていた。新陰流を修めた林が物盗りごときに斬られるはずはない。しかも、一刀で勝負がついたとすれば、相手はよほどの手練とみて、まずまちがいなかった。

「肋骨がことごとく断たれておったそうです。得物は刀でないかもしれませぬ。それほど深い金瘡を浴びせられる得物があるとすれば、薙刀のようなものでしょうな」

「薙刀か」

「いずれにしろ、刺客の仕業にちがいありませぬ」

串部は確信を込めて言う。

医学館を訪ねた帰路で襲われたとすれば、刺客を放った者が誰かは推測できる。

「設楽良周のことは、ちと調べました。やはり、みるからに鼻持ちのならぬ医者坊主にござります」

良周は異常なほど外聞を気にする男で、さきに奥医師となって出世を果たした玄沢に嫉妬を燃やしていた。

ふたりは医学館において、じつは別々の派閥に属している。医学館は幕府直轄の医師養成所だが、所属するのは漢方医だけで蘭方医はひとりもいない。本道内科の多紀(たき)派と金瘡外科の桂川(かつらがわ)派がふたつに分かれて派閥をつくり、下の連中も二手に分かれて張りあっていた。

実績を積んで桂川派の出世頭となったのが井垣玄沢であり、財力を駆使して多紀派の上位にのしあがったのが設楽良周であった。ふたりはどちらも田辺藩安藤家のお抱え医師を兼ねており、出世争いでも鎬(しのぎ)を削ってきた。

だが、幕府の奥医師となって法眼の地位を得たのは、玄沢のほうだった。遅れて御番医師となった良周はひとつ位の低い法橋にとどまっており、常日頃から玄沢を追いおとすべく狙っていた。

良周は小姓の藤木蒼馬に高麗人参の件で恩を売り、平川門に落首を書かせて玄沢に濡れ衣を着せることに成功した。そして、藤木が都合良く自刃してくれたことで、真実を語る者がいなくなったのだ。

串部の憶測どおり、林銑八郎に刺客を放ったのは良周であろう。

もしかしたら、林は藤木を通じて事の筋書きを知り、良周に強請(ゆすり)を仕掛けたのではあるまいか。

林は「わしはわしのやり方で、藤木の仇を討つ」と言いはなった。

林がおもいついたやり方とは、良周を強請って金をせびることだった。

欲を掻いたせいで命を縮めたのだとすれば、自業自得と言うしかない。

しかし、今ひとつしっくりこなかった。

一介の医者が、野心を満たすためとはいえ、これほどあっさり人を殺められるのだろうか。

「ともあれ、良周に会おう」

蔵人介は串部に別の調べを命じ、ひとりで小石川の安藤坂にある良周邸を訪ねてみることにした。

神田上水の大曲に架かる白鳥橋を渡り、せっかくなので源頼朝にちなむ牛天神に参ってから向かう。拝殿に向かって左手に鎮座する願い石に触れ、真実を明らかにするために力を貸して欲しいと祈った。

市井の言い伝えによれば、石は医師に通じるので病を除く効験があるという。

自分にも信心深いところがあるのだなと、蔵人介は苦笑した。

人を斬り、業を重ねていくうちに、神仏に頼る気持ちが以前よりも増したのかもしれない。またもや誰かを斬らねばならぬのかとおもえば気も滅入るが、この世には心を鬼にしてでも為さねばならぬことがある。

安藤坂を上っていくと、雨がしとしと降ってきた。

幅の広い坂を進めば、家康の実母を弔った伝通院へ到達する。

坂名は途中の左手にある田辺藩安藤家の上屋敷にちなみ、周辺は大身旗本たちの住む武家屋敷の町並みと賑やかな門前町が混在している。

良周の屋敷は、坂道を挟んで安藤家の真正面にあった。

二階建てだが、立派な門構えの大邸宅にほかならない。

ただし、隣にうだつをあげた商家のほうが一段と目立っている。

昇龍の透かし彫りに金泥のほどこされた屋根看板には『熊野屋悟七』とあった。

どうやら、薬種問屋らしい。

隣同士の建物は、お抱え医者と薬種問屋の密接な関わりを物語っていた。

が、店先で邪推しても意味の無いはなしだ。

雨に濡れた良周邸の片隅には、底知れぬ闇がわだかまっている。

闇の正体をつきとめねばなるまいと、蔵人介は覚悟を決めた。

## 十一

約束もせず良周に会うのは簡単ではない。

蔵人介は、橘の名を使うことにした。

職禄四千石の御小姓組番頭から命を受けてやってきたと告げたのだ。

嘘ではない。落首の下手人をみつけよという密命は、まだ生きている。

権威に弱い者ならば、橘のことを無視はできまい。

案の定、読みは当たった。

少しだけなら会ってもらえることになり、蔵人介は案内の者に導かれて客間に通された。

床の間の花瓶には、紫陽花が豪華に生けてある。

市之進が人の首に喩えたことをおもいだし、素直な気持ちで愛でることができない。

出された渋い茶を呑んでいると、しばらくして頭を蒼々と剃った良周があらわれ、上座ではなしに向きあうように座った。

「御小姓組番頭であられる橘右近さまのご名代とお聞きしましたが」

「突然の訪問、御無礼つかまつる。拙者、本丸御膳奉行の矢背蔵人介と申す」

良周は怪訝な顔を隠そうともしない。

齢は五十のなかばほどか、頰の垂れたふくよかな顔だが、眉間に刻まれた縦皺が業の深さをしめしている。

「上様のお毒味役が、どうしてまたこちらへ」

「じつは、藤木蒼馬なる小姓のことでお伺いしたいことがある」

鋭く切りこんでも、良周は顔色ひとつ変えない。

なかなかの狸ぶりだ。

「聞くところによれば、懇意にされておったとか」

「そう言えば、藤木さまとは一度だけ会ったことがござりました。何でも、御母堂さまが胸を患っておいでとかで、御薬を差しあげたおぼえが」

「御薬とは高価な高麗人参のことでは」

「さようにござります。不憫におもい、知りあいの薬種問屋に運ばせたのです」

「ほう、その薬種問屋とは」

「隣の熊野屋悟七にござりますが、何か」

「いや。なるほど、よいことをなされたな」

派手な屋根看板を脳裏に浮かべ、蔵人介は薬種問屋を調べてみようと考えた。

良周は身に纏った更紗の十徳の両袖をばさっとひるがえし、威圧するように睨みつけてくる。

「藤木さまは自刃なされたと聞きました」

「哀れなはなしよ」

「何でも、痴情の縺れが原因であったとか。しかも、お相手は衆道の上役だったと噂に聞いております」

「痴情の縺れというのは初耳だな。平川御門に落首を書いたことに自責の念を抱いておったと、拙者はそのように聞いておる」

一瞬、良周の黒目が揺れた。

「ほほう、藤木さまが落首を。それこそ、初耳でござります」

探りを入れられても、蔵人介は動じない。

「それがし、藤木どのから遺書を託された。じつはその遺書に、良周どのの名をみつけたのだ」

「まさか。何故、わたくしの名が」

遺書のはなしは嘘だった。

あきらかに動揺する良周に向かって、蔵人介はとどめを刺すように脅しつけた。

「何故、遺書に名があったのか。その理由は、自身の胸に聞いてみよ」

じっと目をみつめると、良周は食ってかかるように睨みかえす。

そして、不気味なふくみ笑いをしはじめた。

「くふふ、その遺書、藤木さまのご遺族にはおみせなされたのか」

「いいや。それがし以外にみた者はおらぬ」

「なるほど。で、手前にどうせよと」

こちらの意図が合点できたらしい。

蔵人介は、さらりと言ってのけた。

「遺書を買いとってもらいたい」

「ちなみに、いくらで」

「五百両でいかが」

「ちと、考えさせていただけませぬか」

「ふむ、一日だけなら待とう」

良周は怒りのせいか、目を血走らせている。

もはや、針に掛かった魚も同然だった。
暇を告げて外に出ると、雨は上がっている。
夕暮れの坂道をのんびり下り、神田上水を越えて屋敷町を進む。
突きあたったさきは外濠だ。
杏色の夕陽が水面へ車輪のように転がりおちた。
船河原橋を渡り、濠端を神楽坂下へ向かう。
浄瑠璃坂の近くへ着いたころ、あたりは薄闇に包まれていた。
ひとりで漫ろに歩いてきたのは、刺客を呼びこむためでもある。
雨上がりの濠端は物淋しく、人影はみあたらない。
さきほどから、何者かの気配がまとわりついていた。
浄瑠璃坂の手前にある横道で、ひょいと曲がる。
焦った様子の跫音が、すたすた近づいてきた。
暗闇からあらわれたのは、目つきの鋭い侍だ。
狂犬のように荒い息を吐いている。
良周が仕向けた刺客であろうか。
蔵人介はやり過ごしてから、背中に声を掛けた。

「法橋の飼い犬か」

飼い犬は、ぎくっとする。

ごたいそうな得物を右手に提げていた。

「片鎌槍か。小姓組頭の林銑八郎を葬ったのは、おぬしだな」

「くえっ」

刺客は振りむきざま、片鎌槍を旋回させた。

——ぶん。

刃音とともに、凄まじい旋風が吹きつける。

「ほほう、ただの虚仮威しでもなさそうだ」

蔵人介は、すっと身を沈めた。

相手は身じろぎもせず、こちらの構えをみつめる。

「居合か」

吐きすてるや、じりっと後退りしはじめた。

「どうした、掛かってこぬか。おぬし、これが欲しいのであろう」

蔵人介は、懐中から巻物を取りだした。

「ほれ、どうだ」

中身は白紙だが、遺書にみせることはできる。

巧みに誘っても、簡単には乗ってこない。

刺客は一歩退がり、くるっと背を向けた。

はっとばかりに駆けだし、闇の向こうへ遠ざかってしまう。

「危うかったな」

蔵人介は、ふうっと溜息を吐いた。

対峙すればわかる。並みの手合いではない。

新陰流に熟達した林を斬っただけのことはある。

そもそも、長尺の片鎌槍を相手に勝ちきるのは難しい。

「どうする」

脳裏に浮かんだのは、斎藤弥九郎から伝授された秘技だ。

「月陰。あれを使うか」

頂戴した「鬼包丁」に血を吸わせたくはないが、躊躇っているときではないと、
蔵人介は身を引きしめた。

## 十二

自刃した藤木蒼馬は遺書ではなく、目付への告白状をしたためていた。

重大事を伝えにきたのは、市之進である。

「これに写しが」

充血した眸子をみれば、一睡もしていないのがわかる。

写しには、平川門に落首を書いた経緯が綿々と綴られていた。

落首を書いた理由は、蔵人介たちが調べたとおり、良周から頼まれてのことだった。高価な高麗人参を融通してもらった恩に報いるためにやったことで、玄沢が濡れ衣を着せられて斬首されようとは予想もしていなかったらしい。

藤木は告白状のなかで良周の思惑についても触れ、薬種問屋の熊野屋悟七を幕府の御用達にさせるべく、そのことを阻もうとする玄沢を排除しなければならなかったと述べた。

なるほど、良周の抱いた目論みには、後ろ盾となっている薬種問屋の思惑が色濃く反映していたのだ。

蔵人介は、眦を吊りあげる。

「本状はいかがした」

市之進は目を伏せ、奥歯を嚙みしめた。

「握りつぶされました」

「何だと」

藤木の告白状は鳥居の目にも触れたが、玄沢を斬首したあとのことだった。

「告白状が表沙汰になれば調べなおしとなり、無実の玄沢を死に追いやった鳥居さまも責を問われます」

それゆえ、すべて無かったことにされた。

市之進は良心の呵責をおぼえ、昨夜みなが寝静まったころ、盗人よろしく鳥居の御用部屋に忍びこみ、文庫の奥から告白状をみつけて写したのだという。

写しの末尾には「武士にあるまじきおこないをして恥ずかしい」とあった。

家慶への忠誠心はあるにはあったが、常軌を逸した日々のおこないを間近でみるにつけ、次第に「忠義」の二文字は色褪せてしまったらしい。家慶にたいする謝罪の気持ちは一字も書かれていなかったばかりか、諫言の意味で落首を書いたようなことも綴られていた。

近習の信を失うようでは、将軍としての器を疑わざるを得ない。

何よりも看過できぬのは、目付の対応であった。

鳥居耀蔵は幕臣の罪を裁く者として、あきらかに、あやまちを犯したと言うよりほかにない。

だが、市之進に向かって、おのれの首を賭けて告発せよというのは酷だ。

鳥居ごときと刺しちがえたとて、一文の得にもならぬ。

「このままで済ましたくはなかろうが、本状を焼かれてしまえば証拠は消える。早まって奔っても、罠に嵌められるだけだ。今は忍び難きを忍ぶしかない」

悔し泣きする市之進を家に残し、蔵人介は駿河台にある橘邸へ向かった。

顔見知りの用人に用件を告げたが、夏風邪をこじらせたという理由で会ってはもらえない。

肩を落として夕暮れの土手道をたどっていると、ふいに人の気配が立った。

「伝右衛門か」

「いかにも」

鳥柄杓の咲く土手下には、神田川が滔々と流れていた。

柳の枝が風に揺れ、ざんばら髪のように靡いている。

蔵人介は土手の柳をみつめたまま、おもむろに口をひらいた。

「橘さまは告白状のことを知っておられたのではあるまいな」

「たとい、知っておられたとしても、打つ手はござりませぬ。すでに、それらしき書状は灰になっておりましたゆえ」

「おぬし、鳥居さまの御用部屋に忍びこんだのか」

「ご舎弟よりもさきに忍びこんでおれば、本状は橘さまの手に渡っておりました」

「市之進のせいで、鳥居さまを断罪する好機を逃したと」

「橘さまは、臍(ほぞ)を噛んでおられます」

「くそっ」

蔵人介は小さく悪態を吐(つ)き、鳥居の強運を呪った。

伝右衛門は風音に耳をかたむけ、はなしをつづける。

「御番医師の設楽良周は、したたかな人物でござります。典薬頭(てんやくのかみ)の半井(なからい)さまと今大路(いまおおじ)さまに、各々、百五十両ずつの賄賂を贈っておりました」

「見返りは」

「奥医師の地位と法眼の官位にござりましょう」

邪魔な玄沢をまんまと除き、舌の根も乾かぬうちにおのれの野心を遂げようとする。

「許せぬ悪党だな」

「ご存じかとはおもいますが、玄沢の後ろ盾には薬種問屋がついております」

「熊野屋悟七か」

「さようにござる」

「おぬしのことだ。すでに、調べておるのであろう」

「悟七なる男、ほんの数年前までは置き薬の行商であったとか。それがあれよというまに出世を遂げ、田辺藩の御用達になりました。商いの才覚もあったのでしょうが、抜け荷で巨利を築いたとの噂もござります」

田辺藩には大目付(おおめつけ)の探索もはいり、藩ぐるみの抜け荷が露見しかけたらしい。

だが、証拠はあがらなかった。

「上から探索御免の命が下ったと聞きました」

「上とは」

「紀州さまにござります。安藤さまは紀州家の付家老ゆえ、紀州家のご重臣が大目付さまに泣きついたのでござりましょう」

熊野屋の提供する金銭の支えがあって、良周は今の地位を得た。

二人三脚で富を築き、諸方に賄賂をばらまいて出世を遂げた。

おそらく、玄沢は両者の蜜月ぶりに勘づいていたのだ。

それゆえ、良周と熊野屋にとっては高い障害となった。

医学館では玄沢と良周の確執を知らぬ者はいない。

下手に刺客を送れば、疑われる公算が大きかった。

どうしたものかと思案を練っているところへ、鷹之間における「隠れ坊主」のはなしが舞いこんできた。城門に家慶の権威を失墜させるような落首を書けば、玄沢に疑いの目を向けられるかもしれぬ。良周は妙案をおもいつき、さっそく、藤木蒼馬に声を掛けたのだ。

「落首を書くだけならばと、藤木さまは闇に紛れて平川御門へ向かった。まんがいち門番にみつかっても、御小姓であれば言い訳もできる。そうした勘定もはたらいたのでしょう。いずれにしろ、良周なる者、したたかな男にござります」

落首の一件に関わる真相は明らかとなった。

伝右衛門は身を寄せ、声を一段と低くする。

「橘さまのもとより、新たな密命をお持ちしました。悪党医者と薬種問屋を闇に葬るべく候(そうろう)とのこと」

「闇に葬れか。それでは、玄沢どのの汚名を雪ぐことはできまい」

「遺族の処遇は、きちんとお考えになるそうです」

「ふん、鳥居さまをあれほど嫌っておきながら、いざとなれば四つに構えぬわけか」

「それが幕臣の処世術というもの。ご出世なされたお方には、それなりの理由がおありなのです」

「ほほう、おぬしにしてはめずらしく、心の内を晒したな。もしや、おぬしも怒っておるのか。お偉い御仁のやりように」

「いいえ、矢背さまのおもいすごしにござりましょう」

鳥居の処断については、またの機会を待つしかないとでも言いたげに、伝右衛門は冷笑してみせる。

「そう言えば、熊野屋は厄介な番犬を飼っておりましてな。名は印南作兵衛(いなみさくべえ)、九鬼(くき)神流(しんりゅう)の遣い手にござります」

「九鬼神流と申せば、棒術ではないか。あやつ、片鎌槍を使っておったぞ」

「立ちあいなされたか。されば、力量もご存じのはず。印南は長柄(ながえ)の得物を自在に使いこなします。新陰流の免状持ちだった林銑八郎さまも、印南の手に掛かりました。油断のできぬ手合いにござります。かの片鎌槍を挫くには、何らかの策が要りましょう」

「わかっておるわ」

土手の周辺は、すっかり暗くなっていた。

蔵人介は黙然と佇み、風の音を聞いている。

「あと十日もすれば、梅雨も明け申す。大川に供養の花火があがりましょう」

川風が突風となり、顔面に吹きよせてきた。

柳の枝はざわめき、狂ったように乱れはじめる。

目を瞑った一瞬の隙に、公人朝夕人は煙と消えてしまった。

十三

十日後、梅雨は明けた。

今宵は待ちに待った川開き、大川には大小の船が繰りだした。

蔵人介は両国の土手に立ち、やつぎばやに打ちあがる花火を見上げている。

かたわらの串部が、花火の炸裂音にも負けぬほどの声を張りあげた。

「大奥様が膨(ふく)れ面(つら)をなされましたぞ」

江戸に来てまだ一度も、初日の花火見物に連れていってもらったことがない。今年もあきらめていると、串部相手に溜息を漏らしたらしい。

「養母上らしくもないな」

「らしくもないことを仰せになりながら、ちゃっかり小船を仕立てておいでです。ほら、あのなかに」

串部が指を差したさきには、無数の船が浮かんでいる。

そのなかには、引導を渡すべき獲物の乗る屋形船もあった。

「三人まとめてあの世へおくる今宵が好機にござります」

土手も大橋も花火見物の人々で溢れている。

森が木を隠すように、大勢の人が的を隠すにちがいない。

漆黒の夜空を彩る花火はどことなく物悲しく、儚(はかな)さすらおぼえる。

最後の一発が大輪の花を咲かせて萎むと、川面に浮かぶ大小の船は一斉に岸辺へ戻ってきた。

土手の人々も、ぞろぞろ帰りはじめる。

熊野屋の仕立てた屋形船は、小船の寄せる桟橋ではなく、船主の船宿から突きだした特設の桟橋へ向かってくるにちがいない。

　あらかじめ、わかっていたことだ。

「そろりと参りますか」

　串部に背中を押され、蔵人介は歩きだした。

　腰には来国次のほかに、斎藤弥九郎から貰い受けた鬼包丁を差している。印南作兵衛に勝つ方策はおもいつかず、守り刀の代わりに携えてきたのだ。

「めずらしく、気を張っておられますな」

　串部にもわかるらしい。

　蔵人介の耳には、片鎌槍の刃音がいつまでも離れずに残っていた。

　船宿の桟橋には、すでに何艘かの屋形船が戻ってきている。

　船から降りた上客たちは土手で待つ駕籠に乗り、何処かへ消えていった。

　やがて、的に掛ける連中を乗せた屋形船が、悠然と桟橋に向かってきた。

　最初に船頭がひとり降り、客たちに手を差しのべる。

　まっさきに降りてきたのは、頭巾をかぶった主賓（しゅひん）格の良周だった。

　綺麗どころの芸者衆がつづき、金満家（きんまんか）の熊野屋悟七が幇間（ほうかん）よろしく降りてくる。

　みっともないほどに肥えた腹を揺すり、酒に酔った赤ら顔でへらへら笑っていた。

囃子方や賑やかしの連中がつづき、最後に降りてきた猫背の浪人が印南作兵衛であった。右手に片鎌槍を提げているので、誰も近寄ろうとしない。眼光鋭く周囲に目を配るすがたは、小塚原で刑死人の骨を漁る山狗のようだ。

「ほれ、ご祝儀じゃ」

熊野屋は大声を張りあげ、景気よく小判をばらまいた。

「わあっ」

芸者や囃子方が裾をたくしあげ、我先に群がる。

「法眼さまのご祝儀じゃ。拾え拾え、福を拾え」

誰もが桟橋を走りまわり、降ってくる小判を追いかける。

なかには平衡を失って、川へ落ちる者まであった。

浮かれた連中の狭間に、いつのまにか串部が紛れている。

莫迦騒ぎを満足げに眺める良周の脇を擦りぬけ、拾った小判を口に咥えて、そのまま熊野屋の面前まで進んでいった。

何をおもってか、傅いた。

——わん。

犬のように吠えてみせる。

「うひゃひゃ、けったいな野良犬や。どれ、もういっぺん吠えてみい」

熊野屋は調子に乗り、上方訛りで叫ぶ。

と同時に、ずんと丈が縮んだ。

「ぬげっ」

前のめりに倒れ、桟橋に顔を叩きつける。

熊野屋悟七は這いつくばり、串部に刈られた臑を拾おうとする。

そして、すぐにこときれた。

ところが、必死の形相で小判を拾う連中は誰ひとり気づかない。

芸者のひとりが暗がりから臑を拾いあげ、帛を裂くような悲鳴をあげた。

「ひゃああ」

すでに串部はおらず、異変を察した印南は脱兎のごとく駆けだしている。

良周の盾となるべく桟橋を駆けぬけ、周囲の闇に目を凝らした。

「……な、何があったのだ」

狼狽えた奥医師に問われても、何ひとつ発しない。

芸者や囃子方たちがふたりを追いこし、這々の体で逃げていく。

「ん」

印南は身を沈め、土手の上を睨みつけた。
丈の高い人影が、柳を背にして佇んでいる。
蔵人介であった。
「くわっ」
印南は片鎌槍をたばさみ、一気に土手を駆けあがる。
駆けあがった勢いのままに、片鎌槍を振りまわしてきた。
――ぶん。
刃風に顎を舐められても、蔵人介は動じない。
「はっ」
地を蹴りつけ、二間余りも跳躍した。
中空で国次を抜きはなち、大上段から逆落としに斬りつける。
――ばきっ。
突きだされた三日月の刃を、けら首からまっぷたつに断った。
「ふいっ」
印南は怯（ひる）むどころか、四尺余りの長柄を頭上で旋回させる。
刃を失っても、闘う道具としての機能は十分に備えていた。

九鬼神流の真骨頂は棒術にある。

「おぬし、虎の尾を踏んだな」

印南は半笑いになり、意味深長な台詞を吐きすてた。

「わしを本気にさせおって」

印南の扱う長柄は、硬い樫の芯に鉄板を巻いた代物だ。

打擲されれば、肉は裂け、骨は砕けるにちがいない。

しかも、柄頭には細工がほどこされている。

「ふん」

気合いとともに伸びた柄頭から、白刃が飛びだしてきたのだ。

蔵人介は避けきれず、ざくっと鬢を裂かれた。

傷は浅い。

すぐさま、国次を薙ぎあげる。

「ぬりゃ……っ」

印南は巧みに長柄を操り、国次を搦めとった。

びゅんと、一瞬にして遠くへ弾きとばす。

国次の長柄にも、じつは八寸の刃が仕込まれてあった。

それが使えなくとも、まだ頼みの綱はある。

「ぬおっ」

蔵人介は咄嗟に、相手の懐中へ飛びこんだ。

守り刀の「鬼包丁」を抜きはなつ。

「ふん、小太刀か」

印南は一歩退き、長柄の間尺(まじゃく)を取ろうとする。

そこに寸毫(すんごう)の隙が生じた。

「ねい」

蔵人介は片手持ちの突きを繰りだす。

誘いの一手だ。

相手が躱そうとした刹那を捉える。

――ばすっ。

骨を断った。

「ぬぐっ」

ぼそっと、印南の両腕が落ちる。

突きからの双手斬り、斎藤に伝授された「月陰」にほかならない。

「……む、無念」

印南はつぶやき、ずさっと倒れた。

見上げた空に月はなく、土手の向こうへ逃げていく医者の禿げ頭がみえる。

蔵人介はおもむろに腰を屈め、国次で断った片鎌槍の刃を拾いあげた。

右手に持って反動をつけ、無造作に投げつける。

――ぎゅるん。

三日月の刃は地を這うように旋回し、ふいに浮きあがった。

そして、逃げる獲物の首を後ろから見事に捉えた。

「ぎゃ……っ」

断末魔の悲鳴が響く。

良周の首が宙に飛んだ。そして、弧を描きながら川縁へ落ち、澪標に突きささった。

「まさに、晒し首でござりますな」

串部が後ろで吐きすてた。

我欲のために罪を重ねた悪党には、似つかわしい死に様であろう。

凄惨な仕掛けは終わった。

闇がすべてを包んでくれることを祈るしかない。

血腥（ちなまぐさ）い川風の吹く土手道を、ふたりは足早に遠ざかっていった。

## 十四

——おぬし、虎の尾を踏んだな。

印南作兵衛の吐いた台詞が忘れられない。

あれはいったい、どういう意味だったのか。

設楽良周は奥医師となって法眼の官位を望み、熊野屋悟七は幕府御用達の地位を狙っていた。

それ以外に、何があったというのだろうか。

いったい、虎とは誰のことなのか。

世話になった井垣玄沢の敵討ちが、どうして虎の尾を踏むことになるのか。

いくら考えても、蔵人介にはおもいあたる節がなかった。

悪いことばかりではない。

橘右近の尽力もあり、井垣家は改易（かいえき）を免れた。

遺された妻の千代は夫の菩提を守り、娘の民は橘の養女となって大奥へ奉公することになった。

そして、長子の仁は医学館で学ぶ。

町医者になり、貧しい人々を救うのだという。

父の果たしたかったことだ。

息子は父の願いを継ごうとしている。

朝靄の立ちこめるなか、蔵人介は市之進に「どうしても来てほしい」と請われた。

出仕の日なので裃を纏い、いつもより早く家を出て、神田の相生町までやってきたのだ。

この界隈には、大身の旗本屋敷が集まっている。

屋敷の表門は左手に延びる新屋敷表門通りに面し、裏門は右手の練塀小路に面していた。

蔵人介たちは表門通りのなかほどまで足を運び、山と積まれた水桶の陰に隠れた。

朝未きゆえ、道行く人影はない。

真正面には、他を睥睨するほどの旗本屋敷が建っていた。

串部は興味津々の体で、物陰から身を乗りだす。

「ごたいそうな門構えでござるな」

なるほど、表門は用人たちの住む長屋を左右に配した長屋門である。

広大な敷地のなかには、色とりどりの草花が植えられた庭もあり、瓢簞池や築山や茶室までが配されているという。

眼差しのさきには、旗本屋敷の白壁がある。

「何でござろうか」

「しっ」

串部は市之進に制され、ぺろっと舌を出す。

――ぎぎっ。

重厚な軋みとともに、長屋門が開かれた。

箒を手にした門番があらわれ、しばらく門前を掃いていたが、何かに気づいて白壁に近づいていく。

よくみれば、金釘流の朱文字で落首が書かれていた。

「酔ひ公方　隠れ坊主で　くにほろぶ」

門番は声に出して落首を読み、腰を抜かしてしまう。

「ふえっ……た、たいへんだっ」

敷居を越えて、叫びながら奥へ走っていく。

しばらくすると、屋敷の主人らしき人物が慌てふためくようにあらわれた。

何と、筆頭目付の鳥居耀蔵である。

「束子(たわし)じゃ、束子を持て」

家の連中も着の身着のままで飛びだしてきた。

鳥居はみずから長い柄のついた束子を持ち、必死に落首を消しにかかる。

「くく、特殊な顔料(がんりょう)を使ったゆえ、容易なことでは消せませぬぞ」

市之進がほくそ笑んだ。

「お見事。頭の固い御仁にしては、味なことをなされたな」

串部は芯から嬉しそうだ。

鳥居の狼狽(ろうばい)ぶりを楽しんでいる。

やったことは、悪童の悪戯(いたずら)と変わりない。

「されど、ああでもせねば気が済みませぬ」

市之進は感極まり、ぐしゅっと洟水(はなみず)を啜った。

玄沢に世話になった幼い頃のことをおもいだしたのだ。

鳥居は落首を消すことができず、家来たちに八つ当たりしている。

「殿、いつの日か、あやつの素首(そつくび)も飛ばしてみせましょうぞ」

串部が囁いた。

「滅多なことを言うでない」

蔵人介はたしなめつつも、秘かに鳥居の首を狙っている。

「飛ばし甲斐のある首だな」

と、市之進も本音を漏らした。

「ふふ、市之進どのはやっぱり、われらの仲間でござるな」

「あたりまえだ。おぬしなんぞに言われたかない」

市之進と串部の掛けあいが面白い。

気づいてみれば、靄は晴れていた。

物見(ものみ)高い連中が門前に集まっている。

多くは城へ出仕する幕臣たちであった。

落首を声に出して読んでいる者までいる。

「酔ひ公方　隠れ坊主で　くにほろぶ」

落首の一件が城中で噂になればしめたものだ。

天に召された玄沢も、少しは溜飲(りゅういん)を下げてくれることだろう。

煌(きら)めく朝陽が頭上に射しこんでくる。
蔵人介は額の汗を拭い、表門通りへ踏みだした。

# 捨て犬

## 一

水無月、灼熱の陽光が地べたを焼きつくしている。

暦が替わって五日目、まだ一日も雨は降っていない。

舌を垂らした野良犬が、気怠そうに通りを横切っていく。

蔵人介は暢気に釣り竿を担ぎ、池畔から戻ってくるところだ。

釣果はない。

涼むための散策だった。

市ケ谷亀岡八幡宮の裏手、寺領の蓮池を釣り堀にして日銭を稼ぐ長雲寺には暇を持てあます太公望たちが集まってくる。

木々の鬱蒼と茂る境内は、蟬時雨に包まれていた。
眠そうな眸子を向けたさきに、ふたりの侍が対峙している。
ほぼ同時に刀を抜いたすがたが、陽炎となって揺れていた。
果たし合いであろうか。
さすがに無視はできず、足早に近づいていった。
ひとりは月代を剃った仕官侍風、もうひとりは五分月代の浪人者だ。
野次馬どもが集まりはじめている。
蔵人介は釣り竿を提げ、前列へ押しだしていった。
「ん」
五分月代の浪人者に、みおぼえがある。
「鎮目健志郎どのか」
ずいぶん痩せてうらぶれてはいるものの、まちがいあるまい。
今は大御所となった家斉公の弓指南をつとめていた人物だ。
無口で実直な性分が好もしいと感じていた。
ところが、七年前、前触れもなしに逐電してしまった。
家斉の勘気を蒙ったとの噂を聞いたが、事の真偽はあきらかではない。

その鎮目を、七年ぶりにみた。

弓ではなく、刀を手にしている。

対する相手は、六尺に近い大兵だ。

からだと同様に、堂々と発する声も太い。

「わしは若林十左衛門、剣におぼえのある者なら、知らぬ名ではないぞ」

霍乱の薬を売る定斎屋と鬼灯売りが、後ろで囁きあっている。

「かのお武家、筑土八幡の池田道場で師範代をなさっておるそうな」

「それがまた、どうして果たし合いなんぞに」

「果たし合いではなく、賭け試合よ。言いがかりをつけたのは、痩せ浪人のほうさ」

白い目で睨みつけたとかどうとか、取るに足らぬ難癖をつけ、門前の茶屋から若林を引っぱりだしてきたという。

「命の取りあいではないのか」

「それはわからぬ。まいったと言わねば、どちらかが命を落とすやもしれぬ」

池田道場は名の知られた道場で、平常無敵流を看板に掲げていた。無敵とは最強を意味するのではなく、剣を磨いて平常から周囲に敵をつくらぬ心構えのことだ。

流派には無益な殺生は避けよという厳しい戒めもあった。

師範代ともあろう者が流派の戒律を守らぬはずはないので、おそらく、本気で斬る気はあるまい。

ともあれ、勝ったほうは負けたほうの差料を手にできるらしい。

なるほど、双方ともに拵えだけをみれば値打ちのありそうな刀だ。

若林も刀を手に入れたい欲に駆られ、浪人に身を窶した鎮目の誘いに乗ったのであろう。

「どうみても、痩せ浪人に勝ち目はないぞ」

「ああ、そうだな。いつ土下座をするか、それが見物よ」

経緯はわかった。鎮目はわずかな金子を得るために、つまらぬ賭け試合を仕掛けたのだ。

無性に腹が立ってきた。

かつては海内一の弓取りと賞賛され、剣術や槍術でも名をなしたほどの男だ。

それが、外見ばかりか精神まで落ちぶれている。

侍の矜持はどこへやったのだと、叱りつけてやりたくなった。

「されば、まいろう」

いつのまにか、蟬の声はぴたりと歇んでいる。
ひっそり閑としたなかに、両者の息遣いだけが聞こえてきた。
鈴生りになった野次馬どもは、ごくっと生唾を呑みこむ。
蔵人介は喉の渇きをおぼえた。
真夏のぎらつく太陽のもとで立ちあうものではない。
両方の掌は汗ばみ、立っているのもしんどくなる。
「ぬわっ」
若林が青眼に構えたまま、擦り足で間合いを詰めた。
土埃が熱風に舞う。
剣先は「鶺鴒の尾」のごとく、小刻みに揺れていた。
平常無敵流ではなく、北辰一刀流の技だ。
対する鎮目は動じず、剣先を小当たりに当てる。
「ねやっ」
一長足の間合いから、若林が突きこんでいった。
鎮目は仰けぞって避けたものの、尻餅をついてしまう。
だが、若林は二の太刀を繰りださない。

あまりの弱さに、拍子抜けしたのだ。

どっと、笑いが起こった。

野次馬のひとりが、ここぞとばかりに声を張りあげる。

「おれは浪人の勝ちに賭ける。五十文だ。受けてたつ者はいねえか」

「よし、乗ってやる」

おれもおれもと手があがり、人垣がざわめきだす。

肝心の鎮目は立ちあがり、へっぴり腰で青眼に構えなおした。

一方、若林は実力に格段の差があるものと勘違いし、余裕の笑みを漏らす。

「武士の情けじゃ。土下座して謝れば、許してやってもよいぞ」

「まだまだ」

鎮目は強気で応じつつも、肩で息をしている。

蔵人介だけは、それが芝居だと見破っていた。

どうやら、野次馬同士の賭けは成立したらしい。

「よし、旦那、やってくれ」

威勢のいい掛け声に応じ、鎮目はこきっと首の骨を鳴らす。

「ほほう、やる気か。死んでも知らぬぞ」

若林は右八相に構えつつ、爪先を躙りよせた。
鎮目は右手下方に刀を下ろし、左手で黒鞘を抜きはなつ。
刀と鞘を持った両手をだらりと八の字に下げ、胴をがら空きにしてみせた。
もちろん、相手を誘いこむためだ。
「小癪な」
若林は地を蹴った。
右八相から刀を持ちあげ、乾坤一擲の袈裟懸けを繰りだす。
「ふりゃ……っ」
斬るつもりで振りおろした一刀にみえた。
「うえっ」
野次馬どもが目を瞠る。
鎮目の胸が斜めに断たれた。
と、誰もが想像したにちがいない。
つぎの瞬間、鎮目は半身になった。
ひょいと胸を反らし、鼻先で一撃を躱す。
そして、刀ではなく、鞘を上段に持ちあげた。

「ほい」

無造作に振りおろす。

力みのない一撃だ。

——ばすっ。

たたらを踏んだ若林の首筋に、鞘が打ちこまれた。

「一本」

と、野次馬が叫ぶ。

賭けを促した優男だ。たぶん、さくらにちがいない。

それにしても、見事な刀さばき、いや、鞘さばきであった。

「ひゃはは、勝った勝った」

賭けに勝った優男が、呆然と立ちつくす連中から小銭を集めてまわる。

「けっ、くそおもしろくもねえ」

野次馬どもが悪態を吐きながら散っていくなか、蔵人介だけは同じ場所に立ちつづけていた。

いや、ひとりではない。

異様な殺気に振りむけば、深編笠の侍が佇んでいる。

「ん」
身構えるや、くるっと踵を返す。
やる気を巧みに殺がれた。
手練にまちがいない。
長い顎が桃割れに割れていた。
冷酷そうな薄い口許が笑ったようにもみえた。
いったい、何者なのだ。
胸の裡がざわついた。
無論、ただの野次馬かもしれぬ。
得体の知れぬ侍よりも、今は鎮目のことだ。
声を掛けるべきかどうか、蔵人介は迷っていた。

二

境内の片隅には、仏縁の木として知られる夾竹桃が桃色の花を咲かせている。
鎮目はこちらに気づくこともなく、ご神木の木陰へ歩みよっていった。

木陰には優男が待っており、鎮目は儲けの取り分を貰っている。

やはり、小銭を稼ぐための猿芝居であった。

「感心せぬな」

優男は気絶した若林に近づき、戦利品の差料を奪いとる。

もはや、盗人と変わりない。

刀は質屋にでも売りはらう気だろう。

鎮目はとみれば、袖をじゃらじゃらさせながら山門へ向かっている。

蔵人介は渋い顔になり、しょぼくれた男の背中を追いかけた。

平常（ふだん）なら放っておくところだが、やはり、ひとこと言っておかねばなるまい。

鎮目は実直な男だった。実直すぎて、人をつい信じてしまう。

むかしから騙されやすく、傍（はた）から眺めていても危なっかしいところがあった。

このたびの賭け試合も、優男から言葉巧みに持ちかけられたにちがいない。

小悪党と関わりつづければ、ろくなことにならないぞと警告したかった。

それにしても、姑息（こそく）な手を使ったものだ。

「食うためとはいえ、おぬしらしくないではないか」

背中を追っていると、溜息が何度も出てくる。

鎮目は濠端の道を進み、愛敬稲荷のそばにある隠し町へ踏みこんだ。

じめじめとした薄暗がりに、小汚い一膳飯屋がある。

鎮目につづいて、蔵人介も暖簾を振りわけた。

旗本の出入りするような見世ではないが、着流しなので気にする客もいない。

鎮目は奥の卓子に陣取り、板場から胡麻塩頭の親爺を呼びつけた。

「酒を冷やで、五合徳利でくれ」

「えっ、五合ですかい」

「ああ、そうだ。ついでに肴もな。銭ならあるぞ」

そう言って、袖をじゃらつかせる。

親爺はうなずきもせず、板場へ戻った。

そのとき、ふと、目が合った。

鎮目はきまりわるそうに、ぷいっと横を向く。

会いたくないのだと察しつつも、近づいていった。

「鎮目どの、お久しゅうござる」

「ん、どなたかな」

鎮目はわざと眸子を細め、大袈裟に驚いてみせた。

「おお、これはこれは、鬼役の矢背どのではござらぬか。こんなところでお会いするとは、奇遇にござるな」

「さきほどの賭け試合、みておりましたぞ」

鎮目の顔が曇った。

「わしを尾けたのか」

「さよう。鎮目どのらしゅうもない、姑息なまねをなされたな」

「ふん、おぬしにはわかるまい。捨てられた犬の気持ちなんぞ」

「捨てられた犬とは、どういう意味にござろうか」

「よいのだ、気になさるな。ところで、何かご用か。落ちぶれ者をからかいにでもまいられたか」

蔵人介は大小を腰から鞘ごと抜き、卓子の対面に座る。

「ちと、お邪魔いたす。よろしいかな」

良いとも悪いともこたえず、鎮目は横を向いた。

そこへ、五合徳利が運ばれてくる。

肴は剝(む)き蜆(しじみ)の佃煮(つくだに)だ。

親爺は気を利かせ、ぐい呑みをふたつ置いていく。

鎮目は黙って、ふたつのぐい呑みに酒を注いだ。

「いただこう」

蔵人介は手を伸ばし、ぐい呑みをひょいとかたむける。

一気に呷る様子を惚れ惚れと眺め、鎮目は薄く笑った。

「さすが、将軍家お毒味役、呑みっぷりがちがう」

「褒められても嬉しゅうはない」

「ふふ、あいかわらず無愛想な御仁よの。おぬしには一目置いておった。鬼役に就いておりながら、刀を取らせれば幕臣随一の腕前と聞いてな。一度お手合わせ願いたいともおもうたが、その機会も失せてしもうた」

蔵人介は黙ってぐい呑みに酒を注ぎ、静かな口調で問いかけた。

「七年前、何故、逐電なされたのだ」

「ふふ、それか。家斉公の勘気を蒙ってと、近習どもは喧伝(けんでん)したのであろう」

「いかにも」

「それならそれでよい。今さら真実を語ったとて、七年の歳月を取りもどすことはできぬ」

「七年経てば、はなしてよいこともござろう。拙者でよければ、お聞きいたすが」

「お心遣いはかたじけない。されど、はなしたところで何も変わらぬ」

鎮目は立ちあがり、五合徳利を左手にぶらさげた。

そして、肴の佃煮を紙に包んで懐中に入れる。

「家で待っている者があるのでな」

気まずそうに言いのこし、卓子に銭を置いて居なくなった。

追いかけて外に出ると、さきほどの優男がやってくる。

「おい、待て」

蔵人介は怒鳴りつけて近づき、首根っこを掴んだ。

「……な、何しやがる」

「黙れ、鎮目健志郎の住まいは何処だ」

「えっ」

「言わねば、首をへし折るぞ」

優男は恐怖を感じたのか、震えながら喋った。

「……さ、鮫ヶ橋谷町の……た、谷底長屋にごぜえやす」

手を放してやると、尻をみせて一目散に逃げていく。

刹那、何者かの気配を察し、蔵人介は振りむいた。

背丈ほども伸びた雑草が、道端で風に揺れている。

「おもいすごしか」

顎の割れた侍をおもいだし、嫌な気分になった。

## 三

五日経った。

茹(う)だるような暑さに何もかもが呑みこまれ、鎮目の記憶も消えつつあった。

銀座(ぎんざ)の弓町(ゆみちょう)には、当代一流の弓師や刀鍛冶や研ぎ師の店が集まっている。愛刀の来国次を研ぎに出すときは、弓町の『研(と)ぎ政(まさ)』と定めていた。

朝方に散策がてらやってくると、横道の一角に長蛇の列ができている。

めだつのは町娘たちだが、武家の奉公人らしき中間(ちゅうげん)のすがたもあった。

末尾に並ぶ中間に尋ねてみると、通常は汁粉を売る正月屋でかき氷を出しているのだという。

「でけえ四角い氷を鉋(かんな)で削るのさ」

そして、どろっとした餡子(あんこ)をかけて売る。

五十文と値が張るわりには、飛ぶように売れていた。

おもわず並んでみたくなったが、かき氷の列を背にして『研ぎ政』へ向かう。

すると、隣で弓を扱う『梓屋(あずさ)』へ、見知った後ろ姿の侍が消えていった。

鎮目健志郎である。

手に提げた長い弓にも、みおぼえがあった。

「家斉公御下賜の強弓(こわゆみ)か」

全長八尺、黒檀(こくたん)の唐木に藤蔓(ふじつる)を巻きつけ、黒漆を塗りこめた逸品だ。弾力が強いので飛ばされた矢は凄まじい威力を発揮するものの、並みの膂力(りょりょく)では弓を引きしぼることすらできない。

物陰から様子を窺っていると、ほどなくして鎮目が店から出てきた。

弓を手にしていないところをみると、調整のために預けたか、売って金に替えたかのどちらかであろう。

重そうな袖口をみれば、どちらかは一目瞭然だ。

蔵人介は舌打ちをしたくなった。

元弓指南の鎮目にとって、御下賜の弓は命も同然の宝物だ。

「それを手放すとは」

蔵人介は眉間に皺を寄せつつも、背中を追おうとはしなかった。

追う代わりに『研ぎ政』ではなく、弓屋のほうへ足を向ける。

「ごめん」

敷居をまたぐと、白髪頭の主人が会釈をした。

「何か御用で」

「ふむ、今し方、鎮目健志郎どのをおみかけしたものでな」

主人は顔をしかめ、あからさまに警戒の色を浮かべた。

「鎮目さまとは、どういったお知りあいで」

「家斉公の弓指南に任じられておったころの知りあいだ」

「はあ」

「信じておらぬようだな。わしは矢背蔵人介、本丸の御膳奉行をつとめておる。隣の研ぎ政に聞いてもらえば嘘でないことはわかろう」

「それは御無礼を」

主人は『研ぎ政』と聞いて、ようやく安堵したようだった。

「弓を預けていかれたであろう。もしや、それは御下賜の強弓ではないのか」

「そうであれば、どうなされます」

「どうもせぬ」

町奉行所に訴えれば、御下賜の弓を買いとった主人も無事ではいられなくなる。最初から、そのことを警戒していたのだ。

蔵人介は首を横に振った。

「訴える気などない。鎮目どのがお困りのようなら、見過ごせぬとおもうてな。それだけのことゆえ、案ずるな」

「そういうご事情なら、おはなしいたしましょう。たしかに、御下賜の弓を買わせていただきました」

「買ったのか」

「はい」

「いくらで」

主人は問われ、ごくっと唾を呑みこむ。

「金額まではご勘弁を。ただし、御下賜の弓とは申せ、昨今は不景気ゆえ、それほどの高値はつきませぬ。手前どもにかぎらず、買うとしてもせいぜいで三両程度にござりましょう」

「たったそれだけか」

驚いて顎を突きだすと、主人はかしこまって首を縮める。

「倍以上の金子を工面いたしました。鎮目さまとは長いおつきあいゆえ、正直、残念でなりませぬ」

半年ほどまえに一度、直した弓を届けに鮫ヶ橋谷町の長屋へ足を向けたことがあったという。

「部屋のなかは唐傘やら虫籠やら、内職の道具で溢れんばかりになっておりました。鎮目さまは徳利から直に酒を呑まれており、眸子がすわっておられました。部屋の隅では奥さまが出入りの商人から辱(はずかし)めを……ああ、おもいだしたくもない」

主人は赤面しつつも、そのときの光景を詳しく教えてくれた。

商人が妻の乳房を揉(も)みしだいても、鎮目は刀を抜くどころか、文句ひとつ口にしなかった。商人から金でも借りていたのだろう。辱めを受ける妻も、あきらめたような眼差しで主人をみつめたのだという。

空腹を満たすことと、武士の恥辱を天秤に掛けねばならなかったのだ。

「いったい誰が、鎮目さまのことを責められましょう。ともあれ、御下賜の弓は末代までのご家宝、それを手放されるまで追いつめられておられるのかとおもえば、心が痛みまする」

聞かねばよかったと、後悔した。

蔵人介は身を屈め、主人の目を覗きこむ。

「すまぬが、ひとつ頼みを聞いてもらえぬか」

「いったい、何でござりましょう」

「その弓、売らずに取っておいてもらいたい」

「えっ」

「鎮目どのにとっては、おそらく、命にも代えがたいものであろう」

「そう仰っても」

「いざとなれば、わしが売値で買う。頼む、このとおりだ」

頭を下げると、主人はあきらめたように溜息を吐いた。

「お顔をおあげくださいまし。かしこまりました。されば、矢背さまのお住まいをこの帳面にお書きくだされ」

手続きを終えて外に出ると、自分の刀のことはどうでもよくなった。

金子を手にした鎮目の様子が気に掛かり、自然と足は鮫ヶ橋谷町へ向いてしまう。

御納戸町の自邸にも近い。溜池を過ぎて紀伊屋敷から西へ進めば、寺町にたどりつく。

ている。

あたりは日中でも薄暗く、じめじめしており、物が腐ったような臭いがたちこめ

小悪党の優男が言ったとおり、鎮目の住む貧乏長屋は谷底にへばりついていた。

朽ちかけた木戸門を潜ると、糞尿の臭いに鼻をつかれる。

どぶ板を踏みつけて駆けまわる洟垂れどものそばには、銀蠅が何匹も飛びまわっていた。

井戸の手前にある部屋のまえで、悪相の破落戸ふたりが大声を張りあげている。

「旦那、いるのはわかってんだぜ。この糞暑いのに戸なんぞ閉めやがって。貸した金を返せっつうの」

高利貸しか鉄火場に雇われた借銭乞いにちがいない。銀蠅よりもたちの悪い連中だった。

「金がねえなら、奥方を貰っていくぜ。鶏がらみてえに痩せた嬶ぁでも、武家の女だ。岡場所に売っとばしゃ、少しは借金の足しになる」

がたっ、ぴしゃっと戸が開き、猫背の鎮目があらわれた。

「おぬしら、斬られたいのか」

凄まれても、破落戸どもは怯まない。

「脅しはきかねえよ。あんたの刀、刃引きした鈍刀(なまくら)なんだろう。ふん、いい加減、金を返せ(けえせ)」

鎮目は相手を睨みつけ、袖口に手を突っこむ。

と、そこへ、妻らしき女が飛びかかってきた。

「おやめくだされ。そのお金を渡してはなりませぬ」

「退(ど)け、雅代(まさよ)」

「いいえ、退きませぬ。そのお金がなければ、飢え死にしてしまいます」

「よいのだ。飢え死にでも何でもしてやる」

鎮目は妻の手を振りほどき、小判をばらまいてみせる。

無関心を装っていた長屋の連中が、このときだけ顔を向けた。

「ふへへ、持ってんじゃねえか。言ってみるもんだぜ」

破落戸どもは屈みこみ、小判を拾いあつめる。

「旦那、また遊びたくなったら、中間部屋を覗いてくださいな。いつだって歓迎いたしやすぜ」

鎮目と妻は部屋に引っこみ、男どもは肩をそびやかせながら木戸門を出ていく。

蔵人介は気配を殺し、長屋に背を向けた。

訪ねたところで、掛けることばもみつからない。

慰めのことばよりも欲しいのは、金子であろう。

何とかしてやりたいが、金子を工面すれば鎮目との関わりは切れてしまうにちがいない。

あれこれ考えても、良い思案は浮かんでこなかった。

四

四日後、浄瑠璃坂下。

城からの帰り道で、おもいがけず、鎮目に声を掛けられた。

「矢背どの」

振りむけば、親しげな顔で立っている。

「おう、鎮目どのか」

鮫ヶ橋谷町の長屋へ行ったことなど、おくびにも出さない。

鎮目は手に提げた五合徳利を掲げ、満面の笑みを浮かべた。

「いかがかな、一献つきあっていただけまいか」

「ふむ」

即座に応じ、従者の串部に目配せする。

串部はすぐに合点し、ふたりから離れていった。

「すまぬな、気を遣っていただき」

「たいしたことではござらぬ」

肩を並べて濠端の道を通り、愛敬稲荷へ向かう。

やってきたのは、先日の薄汚い一膳飯屋だ。

「ここが一番居心地がよい。ご迷惑か」

「とんでもない」

蔵人介は気にかけずとも、見世にとっては迷惑なはなしだ。

折り目正しき裃を纏った城勤めの侍など、足を運んだためしがない。

素早く裃を脱ぎ、小さくたたんで小脇に抱えた。

「矢背どのはまこと、お気遣いのお方よな」

鎮目は上機嫌に発し、親爺を呼びつける。

「冷やを頼む」

手に提げた徳利は空(から)だった。

「何かよいことでもおありか」

さっそく水を向けると、鎮目はにっこり笑う。

「じつは、仕官話が舞いこんできた」

「ほう、それはよかった」

「おぬしと再会した日、賭け試合を眺めておった御仁がおられてな。何と、尾張さまの御家中よ」

尾張家の上屋敷は、長雲寺にも近い左内坂に面している。十分にあり得るはなしだった。

「鷲津甚内どのと申す御鉄砲方の組頭どのでな、上役の御徒頭さまが腕の立つ従者を捜しておられるというのだ。手取りは三十俵なれど二人扶持でな、尾張家の家臣として迎えてくださるらしい。どうじゃ、これ以上のはなしはあるまい」

「ふむ、そうだな」

と応じつつも、内心では眉に唾を付けたくなる。

今時、それほど好条件の仕官話があるのだろうか。つい、何か裏の事情があるのではないかと勘ぐってしまうのだ。

鎮目は笑った。

「貴公が福を呼びこんでくれたのさ。それゆえ、朗報をまっさきに告げねばとおもうてな」

「それはありがたいはなしだが、福を呼びこんだのはご自身だ」

「いいや、おぬしのおかげさ。じつは昨日、弓屋の主人が訪ねてきおった。おぬしのことを聞いたのだ」

弓屋で交わされた内容を、主人は詳しく語ったらしい。

蔵人介は困った様子で、ぺこりと頭を下げた。

「偶さか、おみかけしたのだ。余計なことをしたようなら、このとおり謝る」

「とんでもない。貴公のお心遣い、涙が出るほど嬉しゅうござった。御下賜の弓に寄せるおもい、上様のおそばにおられるおぬしでなければわかるまい」

酒を注がれたので、ひと息に呑みほした。

「それで、御下賜の弓はどうなった」

「弓屋の主人が返してくれた。弓の代金は返さずともよい。仕官のご祝儀だそうだ。ふふ、世の中も捨てたものではあるまい」

この日、ふたりは大いに呑んだ。

「親の小言と冷や酒はあとできくと申すが、今日はとことん呑むぞ。何せ、これほど美味い酒を呑んだことはないからな」

蔵人介は上機嫌な鎮目に向かって、七年前の出来事を何度も尋ねようとしたが、それだけはおもいとどまった。暗い過去を甦らせ、美味い酒を台無しにしたくはなかったからだ。

さらに翌日の夕刻、鎮目と妻の雅代を御納戸町の家へ招くことにした。弓の名手である幸恵も鎮目の高名を知っており、是非、会ってお祝いしたいと言いだしたからだ。

志乃や卯三郎も祝いの席についた。

ところが、あらわれたのは鎮目ひとりだった。

祝いの宴はとどこおりなく終わったが、どうも雲行きがおかしい。

蔵人介は本音を引きだすべく、見送りがてら外を歩いた。

黙って肩を並べ、暮れなずむ露地裏を重い足取りで進む。

擂り鉢の形をした中根坂を下って上り、尾張屋敷のほうへ向かった。

鎮目が足を止め、喋りかけてくる。

「わしも幸恵どのの噂は聞いておったゆえ、今宵はお会いできて嬉しゅうござった」

「雅代どのもお連れすればよかったに」

「そのつもりでおったが、夏風邪をこじらせてな」

歯切れが悪い。嘘だとすぐにわかった。

咎めるようにみつめると、鎮目はようやく本音を吐きだす。

「仕官にひとつ条件を出された。ひとひとり斬らねばならぬ」

「えっ」

「斬る相手は猪口頼母(いのぐちたのも)、付家老である竹腰(たけのこし)家の重臣らしい。鷲津さまのはなしでは、尾張家にも災厄をおよぼしかねぬ奸臣でな、さりとて表立って処断もできぬゆえ、密殺するしかないという。くそっ、七年前の悪夢が甦ったようだ」

「悪夢とは」

すかさず尋ねると、鎮目は首を横に振った。

「詳しいことは言えぬ。わしはあるお方の密命を果たす役目を負っていた。されど、一度だけ失敗(しくじ)った。弓を使ったのだ。的に掛けた相手も弓の名手でな、怪しい気配を察してか、常のように弓を携えておった。驚くべきことに、わしの外した矢を取って放ってきたのよ」

「何と、返し矢を」

「さよう。返し矢忌むべし」

という警句を、鎮目は暗い顔で口ずさむ。

「よほど焦っておったのか、忌むべき返し矢を放ってきた」

予期せぬ反撃に見舞われ、鎮目は右肩を射抜かれた。

矢が肩を貫通するほどの深傷を負い、逃げていく的を追うことすらできなかったという。

「生きのびたわしは役を解かれた。無論、弓指南でいられるはずもなく、城からも逐われたのさ。それが証拠に、七年経った今でも右手は肩より上にあがらぬ。ほれ」

鎮目は右手を弱々しく持ちあげ、淋しげに笑う。

「まことのことを申せば、御下賜の弓を引くこともできぬ。笑ってくれ。わしにとっては無用の長物なのさ」

長雲寺の境内で若林十左衛門と対峙し、鎮目は左手で鞘を握って闘った。その理由がようやく合点できた。

と同時に、電光石火のごとく、七年前の記憶が甦ってきた。

蔵人介は橘右近の密命を受け、弓の名手を成敗したことがあったのだ。

鎮目が不安げに覗きこんでくる。

「矢背どの、いかがなされた」

「ん、いや、何でもござらぬ」

中根坂を上りきり、蔵人介は問いかけた。

「それで、鎮目どのはお受けするのか」

「悩んでおる。三日のうちに返事をせねばならぬのだ。されど、受けねばなるまい。これ以上、雅代に迷惑を掛けるわけにもいかぬ」

妻を飢えさせぬため、人斬りを請けおうというのか。

「武士の沽券や矜持なんぞ、犬に食われてしまえばよい。もう、みじめな暮らしはまっぴらだ。捨てられた者でなければ、この気持ちはわかるまい」

やめておけと諭すのは容易いが、蔵人介はことばを呑みこんだ。

人斬りの業を背負う自分に、鎮目をたしなめる資格はない。

「余計なことを言った。すまぬ、もうここでよい」

ふたりの正面には、尾張屋敷の海鼠塀が峻崖となって聳えていた。

鎮目はどんつきを右手に曲がり、蹌踉めくように遠ざかっていく。

蔵人介は言いしれぬ不安を抱きつつ、谷底に消えてなくなる背中を見送った。

五

眠れぬ夜を過ごし、千代田城に出仕した。

水無月十六日は嘉祥の祝日、公方家慶着座のもと、厄払いの縁起を担いで諸大名に菓子が配られる。饅頭、金飩、羊羹など菓子は十六種におよび、大広間の二之間と三之間には一千六百膳あまりの折敷が並べられた。

壮観というべきものであったが、蔵人介は一日中、鬱々とした気分から逃れられなかった。

橘右近から呼びだしが掛かったのは、宿直の者たちも寝静まった真夜中のことだ。

仲介役の伝右衛門は、用件だけを告げて消えた。

蔵人介は部屋を抜けだし、廊下へ足を忍ばせた。

御座之間は避け、右手の能舞台脇から御湯殿へ向かう。

上御納戸の手前廊下をまっすぐに進めば、御休息之間や御小座敷を通らずに済んだ。

廊下の左手には鷹之間がある。

先月はじめ、毒味に勤(いそ)しんで以来だ。

家慶から「隠れ坊主」の声が掛かることはなく、あれは一時の浮かれ騒ぎだったような気もする。

鷹之間を通りすぎ、廊下を挟んで向かいの楓(かえで)之間へ向かう。

——ぎっ。

踏みつけた板が軋んだ。

身を固め、耳をそばだてる。

不寝番(ふしんばん)に勘づかれた様子はない。

ほっと安堵の溜息を吐き、滑るようにその場を離れた。

楓之間の敷居に油を流し、音をさせずに襖戸を開く。

鰻(うなぎ)のように忍びこみ、漆黒の闇を手探りで進んだ。

床の間を探りあて、手慣れた仕種(しぐさ)で軸の紐を引く。

——ぐわん。

がんどう返しの要領で、正面の壁がひっくり返った。

奥に燈火が揺れている。

本来ならば、公方しか踏みこめぬ御用之間だ。

丸眼鏡の小柄な老臣が、ちょこんと座っていた。

「来おったな」

橘右近である。

かたわらの花瓶には、夾竹桃（きょうちくとう）が何本か生けてあった。

長雲寺の境内にも咲いていた花だ。

不吉な予感に苛（さいな）まれる。

橘は背中の御用箪笥から、短冊（たんざく）を一枚取りあげた。

「目安箱に投じられたものじゃ」

短冊を手渡された。

――鬼役にご用心
とだけ書いてある。

「達筆であろう。匿名ゆえ、本来なれば破りすてるべきものじゃ。されど、できようはずはない。無論、上様のお目には触れさせられぬ。これのしめす意味がわかるか」

「いいえ」

「わしへの挑戦状じゃ」

「と、仰ると」

「言うまでもなく、鬼役とはおぬしのこと。わざわざ、わしの目に触れさせるためにやったのじゃ。わしとおぬしの関わりを知る者がおる。その者からの警告と考えてもよかろう」

「いったい、何の警告にございますか」

蔵人介は平然を装い、抗うように口を尖らせる。

橘は眼鏡の奥の濁った眸子で、探るように覗きこんできた。

「これ以上関わるなということじゃ」

「いったい、何に関わるなと」

「見当もつかぬか。わしもな、しかとはわからぬ。つらつらと考えてみるに、お抱え医者の設楽良周を成敗したことに関わっておるのやもしれぬ。あるいは、設楽と通じておった薬種問屋がおったであろう」

「熊野屋悟七にござりますか」

「それじゃ」

はっとした。

「何か心当たりでもあるのか」

「熊野屋に雇われていた印南作兵衛なる者に、妙なことを言われました」

「何じゃ」

「『虎の尾を踏んだな』と」

印南は半笑いでそう漏らした。

「ふうむ、たしかに怪しいな。ちと、調べさせてみよう。ともあれ、身辺には気をつけるがよい」

「それだけでござりますか」

拍子抜けしたように尋ねると、橘は口端を吊りあげる。

「新たな密命を下されるとでもおもうたか」

「はい」

「こういう夜もある」

橘は隠していた銚釐（ちろり）を持ちだし、ぐい呑みに注ぎはじめた。

「たまにはどうじゃ」

「はあ」

「不謹慎ではあるがな、呑み明かしたい夜もある」

「かしこまりました」

蔵人介は注がれたぐい呑みをかたむけ、橘のほうにも注いでやった。

「近頃、気力がつづかぬようになってな、うとうとしながら気づいてみれば、空が白んでいることもある」

半年前、橘は長年連れ添った妻を亡くした。おそらくはそのことも、気鬱に影響を与えているのだろう。

花瓶の夾竹桃に、ちらりと目をやった。

「気になるのか」

「はい」

「さすが、鬼役よの。夾竹桃は毒の花じゃ。枝を燃やして煙を吸えば、すぐにあの世へ逝ける。おぬしのために、敢えて飾ったのよ」

「わかりませぬな」

「わからぬでよい。使いようによっては毒になる。おぬしとよう似ておろう。のはは、戯れ言じゃ。忘れてくれ」

蔵人介は好機とみて、鎮目のことを切りだした。

「橘さまは、鎮目健志郎をおぼえておられますか」

「弓指南の鎮目か」

「はい。じつは先だって、長雲寺の境内で見掛けました」

「どうしておった」

「うらぶれて、食うにも困っておられるようでした」

「ふん、捨て扶持も五年で切れたか」

橘は何か知っていると察し、蔵人介は前のめりになる。

「捨て扶持とは、どなたからの」

「碩翁さまじゃ」

「えっ」

「久方ぶりに聞く名であろう。今ではすっかりお老けになり、向島の別宅に隠棲しておられる」

中野碩翁は大御所家斉から重宝され、かつては御小納戸頭取として権勢をほしいままにした。極めつきは養女のお美代の方を家斉の側室にし、子を産ませたことだ。長女の溶姫は加賀前田家へ嫁ぎ、世継ぎも産んでいた。その世継ぎを次期将軍にしようと、お美代の方は今も画策しているというが、後ろ盾となるべき肝心の家斉が病がちで近頃は表にも出てこない。

いまや、権力の趨勢は今将軍の家慶と幕政の舵取りを任された水野忠邦に移行し、大奥の実権は御台所の楽宮喬子(さざのみやたかこ)にしたがって下向した上臈御年寄(じょうろうおとしより)の姉小路(あねがこうじ)が握っている。諸大夫や臣たちのあいだでは、家斉離れが急速にすすんでいた。

それにしても、鎮目が碩翁から捨て扶持を貰っていたとは聞き捨てならぬ。

「もう七年経った。喋ってもよかろう。鎮目健志郎は碩翁の隠密であった」

「……ま、まことにござりますか」

「まことじゃ。おぬしと同じように密命を受け、奸臣とおぼしき悪党どもを始末しておった」

ところが、一度だけ失敗(しくじ)った。

的に掛けた相手は、弓の名手と評された人物だ。

「碩翁が狙わせた相手は、御側御用取次の横芝三之丞(よこしばさんのじょう)じゃ」

「えっ」

「驚くのも無理はあるまい。わしが狙わせた相手ゆえな」

密命が重なったのだ。

「わしは碩翁さまに頼まれてやった。恩を売るためにな」

碩翁は失敗ったときの善後策を講じていたのだ。予想は適中し、横芝は鎮目の張った第一の関門を逃れた。だが、逃げこんだ袋小路には、蔵人介が待ちかまえていたのである。

「密命を成し遂げたおぬしは残り、失敗った鎮目は城を去った」

それまでの功績に鑑(かんが)み、温情でわずかな捨て扶持が下されていたらしい。

「おぬしと鎮目、逆になっていたかもしれぬ」

橘の言うとおりだ。

鎮目と自分は波銭の表と裏かもしれぬと、蔵人介はおもった。

「失敗った鎮目のほうが、噛ませ犬になったのじゃ」

「噛ませ犬」

「さよう、おぬしの噛ませ犬じゃ。それを知ったら、鎮目も武士であるかぎり、黙ってはおるまい」

橘は顔を曇らせ、冷や酒を喉に流しこむ。

「くそっ、眼鏡が曇ってたまらぬ」

浅草駒形町(こまがたちょう)の『美濃(みの)屋平六(へいろく)』で誂(あつら)えたと自慢していた丸眼鏡だ。

橘は眼鏡を外して硝子(ガラス)に息を吐きかけ、袖で執拗(しつよう)なまでに拭きつづけた。

蔵人介は仕方なく、ぐい吞みに残った酒を呷る。

上等な下り酒のはずだが、隠し町の一膳飯屋で吞んだ安酒と同じように感じられた。

　橘は眸子を細めたまま、問いかけてくる。

「それで、おぬしは鎮目にどう関わる」

「わかりませぬ」

「悪いことは言わぬ。深入りせぬことじゃ」

　諭されるまでもない。

　鎮目に再会したのと前後して、目安箱に妙な文が投じられたのだ。

　長雲寺で目にした顎の割れた男のことも脳裏を過ぎる。

「偶然ではないのかもしれぬ。くれぐれも身辺には気をつけよ」

「はは」

「さあ、もう行くがよい」

　蔵人介は平伏し、じつは家斉と家慶が一度も入ったことのない御用部屋を辞去した。

## 六

七年前、鎮目は碩翁に捨てられた。

少なくとも、自分では捨てられたとおもっている。

的の横芝三之丞は返し矢を放ったその足で袋小路に逃れたものの、そこには蔵人介が待ちうけていた。

知らなかった。

密命を果たすだけの刺客に知る必要はない。

公人朝夕人の伝右衛門に先導されたのだ。

「袋小路で待っていれば、鼠（ねずみ）はかならずやってくる」

鎮目のことも知っていたにちがいない。

伝えるべきではないと判断し、黙っていたのだ。

今さら、伝右衛門を責めるつもりはなかった。

落ち度は、気づかなかった自分にある。

鎮目には申し訳ないことをした。

このまま、事情を説かずにいてよいものだろうか。

ともあれ、蔵人介は串部に命じ、尾張家の内情を探らせた。

串部は困難な情況にもかかわらず、たった三日でかなり詳しく調べあげてきた。

ふたりは今、芳町の『お福』にいる。

頰のふっくらした色白の女将は水を張った盥に瓜を抛り、瓜が頭を上にして立つのを常連客にみせていた。

「瓜の皮ってのはね、金持ちに剝かせるんだよ」

女将のおふくは包丁を握り、艶っぽい声で説きはじめる。

「ほら、こうして分厚く剝かなきゃいけない。あんたらみたいな貧乏人に剝かせるわけにゃいかないねえ」

「女将さん、頼むからおれにも剝かせてくれ」

「駄目にきまってんじゃないか。酔っ払いに包丁なんぞ持たせられないよ」

「ぬひゃひゃ、こりゃ包丁一本取られた」

串部は酔客どもがはしゃぐ様子を気にしつつも、卓子の端で蔵人介とちびちび酒を舐めている。

肴は瓜の酢漬けだ。

「酸っぱくて喋れませんぜ」

などと戯けても、蔵人介には許してもらえない。

「ちゃんと説いてみろ」

「はあ」

尾張家について誰もが知っていることは、徳川宗家(そうけ)との確執である。

昨年の弥生(やよい)、先代藩主の斉温(なりはる)が逝去したのにともない、尾張家の家臣団は支藩である美濃高須(たかす)藩から当主を迎えるつもりでいた。ところが、喪が発せられた当日に宗家の意向を携えた水野忠邦が江戸藩邸を訪れ、有無を言わせず、御三卿田安(たやす)家の当主となっていた斉荘(なりたか)に家督(かとく)を継がせるようにと言明した。

「高飛車(たかびしゃ)なやつめ」

尾張家の連中は拳を固めた。

斉荘は大御所家斉の十二男、公方家慶と十七ちがいの異母弟である。ごり押しされた家臣団は尾張家の血統を蔑(ないがし)ろにされたと怒り、尾張の国許では宗家の決定に抗う勢力まであらわれた。

過激な勢力の後ろ盾となったのが、尾張家先々代当主の斉朝(なりとも)である。自身も元は一橋(ひとつばし)家からの養子だったが、隠居後も「大殿」として権勢を保ち、奇(く)しくも同い年の公方家慶に反撥心を抱いていた。

「何故、あれが口を挟むのじゃ」

と、藩内では家慶を「あれ」呼ばわりしているとの噂もある。

尾張家の新当主選びには家慶の意向が色濃く反映されており、藩政の鍵を握る斉朝の頭ごしにおこなわれたため、面目を失った斉朝は態度を硬化させたのだ。

宗家と御三家筆頭の尾張家は一時、一触即発ともいうべき険悪な状態となった。が、付家老の竹腰正富(まさとみ)と成瀬(なるせ)正住(まさずみ)の必死の取りなしによってどうにか収まり、斉荘は予定どおり当主の座に就いた。

それから一年と四月が経った今も、対立の火種は燻(くすぶ)ったままとなっている。

「古株の忠臣たちは、ほとんど今の殿さまに背を向けておるようです。表向きは忠誠を誓っても、裏にまわれば何をしでかすかわからぬ連中もおり、斉荘公は家臣から寝首を掻かれぬように、十重二十重(とえはたえ)の防(ふせぎ)を築いておられるのだとか」

串部によれば、寝首を掻こうとしている急先鋒のひとりが、御鉄砲組頭の鷲津甚内なのだという。

「一年ほどまえに尾張家お抱えとなり、ずば抜けた射撃の技倆(ぎりょう)をみせつけ、あれよあれよというまに組頭になったそうです。組下のなかでも、鷲津の素姓を知る者はおりませぬ。尾張の出ではなく、紀伊の出ではないかと噂されてもおります」

「紀伊と申せば雑賀衆、あるいは根来衆か」

「大数珠を首からぶら下げていることもあるとか」

「仏門だとすれば、根来寺の出か」

「わかりませぬ。ただ、鷲津を引きたてた人物はわかっております」

　御徒頭の野上八太夫、鎮目を従者に迎えようとしている人物だ。

「尾張柳生の免状持ちとのことでござります。闇討ちを命じさせたのも、野上なる御徒頭の意向だったのではないかと」

　串部は尾張藩邸を張りこみ、鷲津と野上の顔を直に拝んできた。

　ふたりとも、顎の先端は割れていなかったらしい。

　蔵人介は瓜を齧り、手酌で酒を呑んだ。

「それで、的に掛ける猪口頼母とはどういう人物だ」

「付家老である竹腰家の留守居役にござります。家の台所を牛耳る老獪な人物で、評判は芳しくありませぬ。夜な夜な幕府の役人どもを高価な料亭に誘っては金を湯水のごとく使い、挙げ句の果てには、行きつけの料亭の女将を深川あたりに囲っているとも聞きました」

ついた綽名（あだな）は「金食い侍」という。

そもそも、猪口は槍持ちの軽輩であったが、若い時分に妹を当主の側室に差しだすことで出世を遂げた。

「蛍侍（ほたるざむらい）か」

「はい。命を狙われても仕方のない人物かと」

とはいうものの、徳川宗家との橋渡し役は十分に果たしている。

猪口頼母がいなくなったら、竹腰家のみならず、尾張家の立場も難しいものになると囁く重臣もいるらしい。

いずれにしろ、鎮目に殺しをやらせるわけにはいかない。

「されど、密命を断れば、仕官話もふいになりましょう」

難しいところだ。

仕官をあきらめさせてでも、止めさせることができるのか。

蔵人介が自問自答していると、串部が安酒を注いできた。

「どうなされます。もう、時はございませぬぞ」

急がねばならない。

すでに約束の三日は過ぎ、鎮目は鷲津に返事をしているはずだ。

「猪口頼母には容易に近づけませぬぞ」

と、串部は言う。

身の危険を察しているのだ。

屋敷への行き帰りは、屈強な従者をふたり随行させている。

厄介なことに、猪口自身が竹腰家屈指の手練らしかった。

「何やら、強そうなやつばかりにござります」

「容易に近づけぬとは、そういうことか」

「いかに鎮目さまでも、弓を使わねば苦戦を強いられることでしょうな。ことによったら、七年前の二の舞に」

「言うな、串部」

「はっ、申し訳ありませぬ」

「ともあれ、鎮目どのから目を離さぬように」

「かしこまりました。にしても、殿は何故、鎮目さまを助けようとなさるのですか」

「さてな」

鏡に映った自分をみているようで放っておけぬと言っても、串部にはわかるまい。

両国のほうから風に乗り、花火の弾ける音が聞こえてきた。

おふくは駒下駄を鳴らして外に飛びだし、声を張りあげる。

「玉屋(たまや)あ」

「おいおい、みえるのか」

客たちも串部もつられて、外に出ていった。

蔵人介はひとり衝立(ついたて)の内に残り、瓜の酢漬けを齧っている。

花火の音は物悲しげで、痩せ犬の遠吠えのようにも聞こえた。

## 七

二日後の夜、鎮目健志郎は動いた。

蔵人介は串部とともに、痩せた背中を追った。

鮫ヶ橋谷町の裏長屋から紀伊屋敷の海鼠塀に沿って北へ向かい、物淋しい間ノ原(あいのはら)を抜けて濠端へ出る。

夜空の月は群雲(むらくも)に隠れ、地べたには昼間の熱気がわだかまっていた。

首吊りの名所で知られる喰違(くいちがい)御門外を抜け、濠端をさらに進んで赤坂(あかさか)御門外へ出る。

二つ目の坂を右手に曲がり、急勾配の牛啼坂を上っていけば、尾張家の付家老として藩政の舵取りを担う竹腰家の上屋敷があった。

鎮目の狙う相手は、猪口頼母という竹腰家の留守居役だ。

悪評はかなりのものだが、政事を司る手腕は折り紙付きで、尾張家と徳川宗家を繋ぐ橋渡し役でもある。

串部が調べたとおり、毎晩のように幕府の役人を接待していた。

おそらくは、料亭からの帰路を狙うつもりであろう。

鎮目は上屋敷へ通じる右手の坂道へは曲がらず、溜池を見下ろす道をまっすぐに下っていった。

左手に燈明がみえる。

火伏せのご利益がある西行稲荷にちがいない。

暗い道のさきには、鬱蒼とした桐畑がつづく。

夜ともなれば、人っ子ひとりいないところだ。

鎮目は道を逸れ、西行稲荷の藪陰に潜んだ。

その様子を、蔵人介と串部は少し離れた木陰から見守る。

あらかじめ、藪陰に潜むように指示されていたのだろう。
耳を澄ませば、水音が聞こえてくる。
眼下には桜川が流れていた。
勢いはかなりのもので、横幅も深さもありそうだ。
桜川は紀伊屋敷のなかを貫通し、愛宕下まで達している。
川の向こうは溜池のはずだが、真っ黒な洞穴にしかみえない。
桜川の川縁には、使われていない苫舟が一艘捨てられている。
がさごそと、船内から物音が聞こえてきた。
舟饅頭が酔客でも誘いこんだのであろうか。
串部は顔をしかめ、小さく舌打ちをする。
ともあれ、舞台は整っているやにみえた。
あとは桐畑のほうから獲物が来るのを待つだけだ。
鎮目健志郎は疑いようもなく、やる気になっている。
蔵人介は迷った。
止めるべきか否か。
止めれば、仕官の道を奪うことになる。

だが、止めなければ、殺生の業を背負わせることになる。

今宵の殺生を悔いながら、生きていくことになるだろう。

相手が悪人であろうとも、後悔は消えることがない。

蔵人介には、業を背負った者の痛みがわかるのだ。

まだ間に合う。

止めるなら、今しかない。

意を決し、木陰から一歩踏みだした。

そのとき、唐突に駕籠があらわれた。

「あん、ほう、あん、ほう」

軽快な鳴きとともに、提灯が揺れながら近づいてくる。

権門(けんもん)駕籠の左右には、屈強な従者がしたがっていた。

まちがいない、竹腰家留守居役の猪口頼母だ。

鎮目は右手を自在に使えぬため、弓は携えていない。

腰に差しているのは、今宵のために用意した刀だった。

従者も入れれば相手は三人、しかも、的に掛けるべき猪口は竹腰家屈指の剣客だという。

いかに鎮目でも、苦戦を強いられるのは目にみえていた。

鎮目を救いたいのならば、今すぐに止めるか、助太刀をするか、どちらかを選ぶしかない。

「あん、ほう、あん、ほう」

駕籠は坂の上に差しかかった。

鎮目が藪陰から抜けだす。

「待て」

蔵人介が叫んでも、振りむかない。

駆けながら抜いた白刃が闇に閃いた。

駕籠は止まり、その場に下ろされる。

「くせものめ」

叫んだ従者のひとりに向かって、鎮目は果敢に斬りかかった。

「ぬおっ」

左手一本で倒してみせる。

すぐさま、もうひとりの従者が斬りつけてきた。

「ぬうっ」

鍔迫りあいになり、鎮目は土手の端へ追いつめられる。
その隙に駕籠かきどもは尻をみせ、一目散に逃げていった。
駕籠の垂れが捲れ、偉そうな風体の侍が抜けだしてくる。
「たわけ、何を手間取っておる」
従者を叱りつけ、みずから刀を抜きはなった。
鎮目の背後に迫り、大上段に刀を振りあげる。
「死ね」
刹那。
――ぱん。
乾いた筒音が闇に轟いた。
猪口は弾かれたように後方へ飛ばされる。
だが、死んではいない。
胸を押さえて起ちあがる。
そこへ、二発目の筒音が轟いた。
――ぱん。
鉛弾が的の眉間を撃ちぬく。

猪口頼母は声もあげず、仰向けに倒れていった。
一方、鎮目と従者は揉みあったまま、土手を転げおちていく。
――ばしゃっ。
水飛沫があがった。
川に落ちたのだ。
――ぱん、ぱん。
筒音が連続した。
「殿、危ない」
横幅のある串部が、後ろから覆いかぶさってくる。
「刺客は苫舟に」
串部は立ちあがり、土手を駆けおりていった。
すると、行く手の草叢が揺れ、白刃を手にした人影が躍りだす。
ひとりやふたりではない。束になって掛かってくる。
「うおっ」
不意を衝かれた串部は、肩を斜に斬られた。
と同時に沈みこみ、相手の臑を刈ってみせる。

——ばすっ。

人影が草叢に消えた。

「串部、生きておるか」

叫びかけると、期待どおりに返事があった。

「これしきのことでは死にませぬ」

串部はすぐさま反撃に転じ、斬りつけてくる二人目と三人目の臑も刈った。

蔵人介も乱戦のなかへ飛びこむ。

手もなく刺客を退けると、残った連中は這々の体で逃げていく。

苫舟のほうをみると、すでに蛻の殻だった。

串部は納刀し、斬った相手の特徴を告げる。

「いずれも、無精髭を生やした浪人どもでござる」

斬られることを想定して雇われた連中かもしれない。

川縁に近づくと、鎮目が浅瀬から這いあがってきた。

荒い息を吐き、ともに落ちた従者を引きずってくる。

串部が駆けより、川縁に引きあげるのを手伝った。

「生きておりますぞ」

「ふむ、上の従者も気を失っておるだけだ」

鎮目は怒った口調で言い、蔵人介を睨みつける。

「くそっ、嚙ませ犬にさせられた」

七年前と同じだ。

蔵人介は掛けることばを失った。

鎮目を雇った連中は確実に獲物を葬るべく、二重三重の罠を仕掛けていた。

目途（もくと）が達せられれば、鎮目も口を封じられた公算は大きい。

「許せぬ、騙しおって」

それにしても、手が込みすぎている。

猪口や鎮目を葬るのとは別の狙いでもあったのだろうか。

あきらかに、三発目以降の鉛弾はこちらに飛んできた。

蔵人介の憶測を断つように、鎮目が喋りかけてくる。

「矢背どの、おぬしは何故、わしにつきまとうのだ」

厳しく問われ、虚しい気持ちになった。

放っておけぬからと応じても、わかってはもらえまい。

鎮目はがっくり肩を落とし、何も言わずに去っていく。

蔵人介は黙って見送ることしかできなかった。

もはや、心を開くのは難しかろう。

こんなことになるのなら、最初から関わらねばよかった。

後悔しても詮無いはなしだ。

「殿、ひょっとしたら、われわれも狙われておったのかもしれませぬぞ」

串部の漏らしたひとことが、いつまでも耳について離れなかった。

## 八

翌早朝、志乃が庭で薙刀を振りまわしている。

「いえい、たあっ」

近所迷惑だとも言えず、蔵人介は濡れ縁からやんわりとたしなめた。

「養母上、精が出ますな」

「悪夢をみてしもうてな」

眠れなくなり、朝陽が昇るのに合わせて矢背家伝来の国綱(くにつな)を手に取ったという。

「いえい、たあっ」

「養母上」

「何じゃ、横からごちゃごちゃ五月蝿（うるさ）いのう」

「悪夢とはどのような。差しつかえなくば、お教えくだされ」

「ふん、忘れたわ。それより、どうじゃ、久方ぶりに立ちあわぬか」

「遠慮しておきまする。出仕の支度がござりますゆえ」

「宮仕えは気苦労が多いことよの。ま、せいぜい、身辺にはお気をつけなさるがよい」

橘と同じことを言われたので、蔵人介は眉をひそめる。

「養母上、何かござりましたか」

「別に。ただ、胸騒ぎがしただけじゃ」

「困りましたな」

悪夢といい、胸騒ぎといい、今朝は気になることばかり口にする。

「邪魔じゃ、いえい……っ」

薙刀の刃風が、鼻先に迫った。

「ふん、何が一寸の虫にも五分の魂じゃ」

足許をみれば、哀れな銀蠅が落ちている。

うっかり庭へ舞いこんでくれば、まっぷたつにされるのだ。

「くわばら、くわばら」

低声（こごえ）で口ずさみつつ、蔵人介は厠（かわや）へ向かった。

手水（ちょうず）で顔を洗い、周囲の気配に耳を澄ます。

――ぴーりり、ほいぴーひひ。

惚れ惚れするような声で鳴くのは、近所の旗本に飼われている大瑠璃（おおるり）であろうか。

聞こえてくるのは、大瑠璃の鳴き声と志乃の気合いだけだ。

近頃は家にいても、何者かに見張られているような気がしていた。

志乃も武芸者ゆえ、同じ感覚を抱いているのかもしれない。

顎の割れた深編笠の男が、いつも脳裏を過ぎるのだ。

もちろん、考えすぎかもしれなかった。

平常どおりに朝餉をとり、憲法黒（けんぽうぐろ）の麻裃を纏って大小を腰に差す。

家の者に見送られて門を出ると、隣近所からも城勤めの侍たちがあらわれた。

朝陽の眩しさは日中の暑さを予兆させるが、いつもながらの長閑（のどか）な風景だ。

蔵人介は串部をともない、急勾配の浄瑠璃坂を下っていった。

坂下に達したとき、悪夢をみたという志乃の台詞が甦ってくる。

と同時に、乾いた筒音が轟いた。

——ぱん。

つぎの瞬間、背後の串部がひっくり返る。

坂を下りていたほかの侍たちが、一斉に地べたへ伏せた。

「串部、おい、大丈夫か」

蔵人介も伏せながら、後ろに声を掛けた。

鉛弾を食らった串部は半身を起こし、半笑いしてみせる。

「左肩を持っていかれました」

「どれ、みせてみろ」

弾丸は左肩を貫通していた。

「たいした傷ではない。しばらく休んでおれ」

「はあ」

「不満か」

「いいえ、殿は刺客を追ってくだされ。ほら、あそこに」

串部が弱々しく指差すさきに、長筒を提げた人影が走っている。

「すわっ」

蔵人介は麻裃を脱ぎすて、脱兎のごとく走りだした。
人影は濠端から右手へ折れ、左内坂を上りはじめる。
そして、途中で左手に折れ、寺の山門を潜りぬけた。
蔵人介は疾風となって追いかけ、わずかに遅れて躍りこむ。
そこはほかでもない、鎮目を最初にみかけた長雲寺の境内だった。
静かに呼吸を整え、参道を慎重に進む。
参詣客は数えるほどしかいない。
刺客に誘われたのは、わかっていた。
――みいん、みいん。
油蟬の鳴き声は凶兆であろう。
蟬の声が歇み、不穏な静寂に包まれた。
――ぱん。
ふたたび、筒音が響く。
首を横に振るや、鉛弾が耳を掠めていった。
「後ろか」
反転し、前屈みに走りだす。

人影が消えたさきには、いつも釣りに訪れる蓮池があった。

水面には蓮が白い花を咲かせ、池畔には太公望が何人かいる。

半丁ほど離れた水子(みずこ)地蔵の祠(ほこら)の陰に、何者かの気配がわだかまっていた。

日陰を選んで一歩ずつ近づき、祠の正面で足を止める。

「おぬし、何者だ」

呼びかけると、しばらくして返答があった。

「ただの刺客さ」

「雇い主は尾張の者か」

「さあな」

「何故、わしの命を狙う」

「きまっておろう、金になるからよ」

口ぶりに嘘はない。雇われただけの者らしかった。

「竹腰家の猪口頼母を撃ったのは、おぬしか」

「ふん、わしではない。鷲津甚内じゃ」

祠の陰から、小柄な人影があらわれた。

頬の痩(こ)けたどす黒い顔の男だが、顎は割れていないようだ。

「ふふ、莫迦め。鉛弾をぶちこんでやる」

長筒の筒口は最初から、こちらの眉間に向けられていた。

風下なので、硝煙(しょうえん)の臭いが漂ってくる。

不思議なことに、気づいた太公望はおらず、みな、景色の一部と化していた。

「この間合いなら、万にひとつも外すまい」

「根来の鉄砲撃ちなら、おぬしの言うとおりであろうな」

当てずっぽうに吐いた台詞が、刺客の動揺を誘った。

「何故、根来とわかった」

「鷲津甚内のことよ。あやつは、猪口頼母を一発で仕留めた。ところが、おぬしはどうだ。わしを仕留め損ない、従者に怪我を負わせただけだ。同じ根来衆でも、力量に格段の差がある」

「黙れ、鷲津なんぞとくらべるな」

煽(あお)ってやると乗ってきた。

蔵人介はたたみかける。

「やはり、ふたりとも根来衆か。どうやら、鎬を削った仲らしいな」

「鷲津は里を捨て、犬丸大膳(いぬまるだいぜん)の子飼いになった」

ぴくっと、蔵人介は片眉を吊りあげる。

「犬丸大膳とは誰だ」

「知らぬのか、甲賀五人之者（こうがごにんのもの）を束ねる総帥（そうすい）よ。金次第で雇い主を代える。敵にまわせば厄介な男さ。ふふ、そう言うわしも、犬丸大膳に雇われた口でな」

「もしや、その犬丸なる者、顎の先が割れておらぬか」

「何故、わかる」

「やはりな」

深編笠をかぶった男にまちがいない。

「犬丸さまは、たいそうお怒りじゃぞ」

「わからぬな。そやつの怒りを買ったおぼえはない」

「おぬし、五人之者のひとりを斬ったであろう」

「誰のことだ」

「片鎌槍を扱う男さ」

熊野屋悟七に雇われていた印南作兵衛のことだ。

「あやつが五人之者のひとり」

「そうじゃ。おぬしは知ってか知らずか、片鎌槍の男を斬った。それが死なねばならぬ理由よ」

「何だと」

「ちと喋りすぎた。そろりと逝け」

刺客の指が引鉄(ひきがね)に掛かる。

蔵人介はすっと屈み、脇差の「鬼包丁」を抜いた。

と同時に投擲(とうてき)するや、刺客は仰(の)けぞって倒れる。

――ぱん。

筒音が虚しく響いた。

刺客の胸には「鬼包丁」が深々と刺さっている。

後ろから、何者かが近づいてきた。

振りむけば、串部が蹌踉(よろ)めくようにやってくる。

「殿、だいじございませぬか」

「だいじなのは、おぬしであろう」

「それがしは……へ、平気でござる」

串部は血の気の失せた顔で応じ、麻裃を差しだす。

「これをお忘れにござります」

「おお、すまぬな。わしは今から出仕するゆえ、おぬしは金瘡医のもとへ行け」

「されど、そのような暇は」

「四の五の言わずに行くのだ。一刻も早く傷を治してもらわねばな」

「はあ。それにしても、いったい誰が殿のお命を狙ったのでしょう」

「そのはなしはあとだ」

何か言いたげな串部を残し、蔵人介は池畔から離れていった。

## 九

二日後、二十四日は芝愛宕山の縁日、この日に家康縁の勝軍地蔵を拝めば、四万六千日ぶんのご利益があるという。

矢背家では毎年、一家総出で愛宕山へやってきた。

八十六段の男坂を上り、境内で虫下しに効く青鬼灯を買って丸呑みし、山頂の崖に立って芝浦の縄手を見下ろす。

青海原には白い帆船が浮かび、遠く房総の山並みものぞむことができた。

しばしのあいだ夏の三伏の暑さも忘れ、遊山気分に浸ったのである。

落陽の瞬間、町中の屋根は真紅（しんく）に染まった。

蔵人介は自邸に戻ってからも、名も無き根来の刺客が口走った「犬丸大膳」という名を反芻（はんすう）している。

刺客によれば、印南作兵衛は犬丸が率いる「甲賀五人之者」のひとりだった。

蔵人介は、それと知らずに斬った。

奥医師井垣玄沢の汚名を晴らすべく、平川門に書かれた落首の下手人を捜すなかで対峙したのだ。

印南を雇った薬種問屋の熊野屋悟七は、紀州家と縁の深い田辺藩安藤家の御用達だった。田辺藩の藩医をやっていた設楽良周と組み、幕閣のお偉方たちに金子をばらまいて口利きを頼み、幕府御用達の座を狙っていた。

莫大な軍資金は抜け荷で築いたという噂もあった。

もしかしたら、印南作兵衛や犬丸大膳は抜け荷に関わっていたのかもしれない。

そう考えれば、印南の言った「虎の尾を踏んだな」という台詞の意味も腑に落ちてくる。

顎の割れた深編笠の男は、犬丸大膳にちがいない。

すでに、長雲寺の境内で会っていたのだ。

よもや、偶然ではなかろう。

犬丸はあのときから、こちらの命を狙っていた。

蔵人介は、はっとした。

もしかしたら、鎮目の仕官話は、最初から仕組まれたものだったのかもしれない。

まわりくどい方法だが、鎮目を使って蔵人介をおびきよせ、罠に嵌めようとした。

そう考えれば、辻褄は合う。

あの日、長雲寺へ釣りなんぞに行かなければ、そして鎮目に声なぞ掛けなければ、仕官話はもたらされず、人斬りの条件も課されなかった。鎮目のために動いているのではなく、鎮目を巻きこんでしまったのだとすれば、自分はとんでもない勘違いをしていることになる。

みずからの浅はかさを呪い、蔵人介は低く唸った。

庭が薄暗くなったころ、たった二日で傷が癒えたと豪語する串部が、一枚の文を携えてきた。

「殿、樽拾いの小僧がこれを。何でも、深編笠の侍に預けられたとか」

「犬丸大膳か」

さっそく、文を開いた。

果たし状の体裁で書かれている。

——今夜子(ね)ノ刻　長雲寺境内にて待つ
「殿、罠ですぞ」

「わかっておる」

されど、行かずばなるまい。

「鷲津甚内が、きっと待ちかまえておりますぞ。いかに殿でも、鉄砲の名手には苦戦を強いられましょう」

鷲津も「甲賀五人之者」のひとりなのだろうか。

ともあれ、指示どおりに参ずれば、犬丸大膳の顔を拝めるかもしれない。

蔵人介はなかば期待しつつ、夜中を待って家を抜けだした。

浄瑠璃坂を下りて濠端を通り、左内坂を上っていく。

下弦の月が空にあった。

藪に点々とする光は、源氏蛍(げんじぼたる)の光であろうか。

とんでもない数の蟾蜍(ひきがえる)が鳴いている。

蔵人介は長雲寺の山門を潜りぬけた。

跫音を忍ばせ、参道の奥へ進む。

ふと、足を止めた。

本堂のそばに聳(そび)えるご神木の枝から、後ろ手に縛られた人影が一本の縄で吊されているのだ。

かなり高い。

地上から五間はあるだろう。

人影の背には月が輝いている。

吊されているのは、あきらかに女だ。

じっと動かず、生きているのかどうかもわからない。

串部ともども、石灯籠の陰に隠れた。

すると後ろから、何者かが囁きかけてくる。

「矢背どの、こちらでござる」

鎮目だ。

「どうして、ここに」

問われたので、文をみせてやる。

鎮目は驚き、みずからも懐中から文を取りだした。

――今夜子ノ刻　長雲寺境内にて待つ

筆跡も内容も同じ文が二枚、各々に届けられていた。

「あれは、妻の雅代でござる」

鎮目はご神木を見上げ、怒りで声を震わせた。

「何と」

鎮目の妻を拐かし、獲物をおびきよせる餌に使ったのだ。

「わしらが獲物というわけでござるよ」

敵はどうやら、邪魔者を一掃する腹でいるらしい。

「鎮目どの、何か策はおありか」

蔵人介の問いに、鎮目は不敵な笑みを浮かべた。

「飛び道具には、飛び道具でござるよ」

うそぶきつつ、長い弓を拾いあげてみせる。

「御下賜の弓か」

「さよう、これで矢を射る。ただし、弓を引けるかどうかわからぬ。引けたとしても、おそらく一度きりであろう」

鎮目は悲しげに笑い、よどみなくつづけた。

「わしが遠目から鷲津甚内を狙う。おぬしは連中との交渉役になってくれぬか」

決意の籠もった目を向けられ、蔵人介はうなずいた。

「承知した。鷲津はおぬしに任せよう。串部、おぬしもここに残れ」

「えっ、おひとりで行かれるのですか」

「ふたりで出ていっても詮方あるまい。おぬしは頃合いをみて、ご妻女をお助けしろ」

「かしこまりました」

うなずく串部は、着物の下に雑兵の鎧を二枚重ねで着込んでいる。

蔵人介の弾除けになる所存でいたらしい。

「ふふ、重すぎて走れぬであろう」

「とんでもない。それがしをみくびっては困りまする」

「ならば、頼んだぞ」

蔵人介はふたりに言い残すと、石灯籠の陰から飛びだした。

十

参道から足早に離れ、途中からはゆっくり歩きはじめる。

向かうのは、鎮目の妻が吊された杉の大木だ。

周囲の闇には、大勢の気配が蹲(うずくま)っている。

蔵人介は足を止め、声を張りあげた。

「出てこい、悪党ども」

巨木の背後から、松明(たいまつ)を手にした人影がひとつ、ふたつとあらわれた。

松明はぜんぶで六本、等間隔に並ぶと、ふたつの人影が六人とは別に前面へ押しだしてきた。

ひとりは細長く、長筒を提げている。

おそらく、鷲津甚内であろう。

もうひとりは縦も横も大きく、朱地に龍の刺繍がほどこされた派手な陣羽織を纏っていた。

深編笠の人物とは体型がちがう。

だが、蔵人介はわざと鎌を掛けた。

「おぬし、犬丸大膳とか申す者か」

陣羽織の男が大笑した。

「ぬはは、鷲津よ、聞いたか。わしが誰かも見抜けぬとはな、存外に評判倒れの男かもしれぬ」

「その評判とやらを聞かせてもらおう」

「幕臣随一の剣客にして、奸臣を葬る密命を帯びた刺客。それが鬼役、矢背蔵人介の正体ではないのか。少なくとも、犬丸さまはおぬしを高(たこ)う買っておられた。できれば、おぬしに葬られた印南作兵衛の代わりに、配下にくわえたいともな」

「甲賀五人之者にくわえたいと申したのか」

「わかっておるではないか。おぬしのせいで印南は死に、熊野屋という大きな金蔓(かねづる)も失った。それでも、犬丸さまは優れた配下を欲しがっておられる。無論、わしは拒んだ。五人之者のひとりとして、鉄の戒律は守らねばならぬ」

　蔵人介は一歩踏みだし、問いをかさねた。

「その戒律とは」

「公儀の密偵は抹殺せよ。例外はいっさい、みとめられぬ。密偵狩りが、わしらに課された役目なのさ」

「おぬし、尾張家御徒頭の野上八太夫か」

「やっとわかったか」

「御徒頭ともあろう者が、得体の知れぬ悪党に使われておるのか」

「ふはは、すべては金さ。犬丸さまがどれほどのお人か、おぬしはわかっておらぬようだな」

「わかりたくもないがな」

「ふん、まあよい。どうせ、おぬしはあの世へ逝く身、喋りにも飽きたし、後ろに隠れておる間抜けな連中ともども、冥途へおくってやるわ」

野上が一歩退がると、鷲津が立ったまま長筒を構えた。

「この間合いで外せば、笑いものになるぞ。鷲津よ、根来衆随一の力量をみせてみよ」

「はっ」

引鉄に指が掛かる。

硝煙の臭いに鼻を衝かれた。

脇差を投擲するには遠すぎる。

――ぎりっ。

微かに聞こえてきたのは、強弓を引きしぼる音だ。

「鎮目どの」

蔵人介は、胸の裡につぶやいた。

まさしく以心伝心、そのとき、鎮目健志郎は御下賜の強弓を引きしぼっている。

――びゅん。

矢が飛びだすと同時に、ばつんと肩の腱が切れる音がした。

「ぬおっ」

鎧を纏った串部は矢を追いかけ、猛然と走りだす。

放たれた矢は、半月を射るかのように弧を描いた。

そして、鷲津甚内の眉間に突きたったのである。

「のげっ」

引鉄を引かずに倒れた配下をみて、野上は動揺を禁じ得ない。

鎮目が弓を引くことなど、頭の片隅にもなかったのであろう。

「おのれ、下郎(げろう)ども」

野上は怒りあげ、右手をさっと翳した。

六人の配下が松明を地に突きさし、片膝立ちで長筒を構える。

さらに別の六人が左右から集まり、二段構えで筒口を向けた。

「ぬわああ」

右脇後方から、串部が突進してくる。

筒口が横にぶれた。

「放て」

野上が叫ぶ。

前列の六人が、一斉に引鉄を引いた。

――ぱんぱんぱん。

筒音が連続し、鉛弾が串部に襲いかかる。

「ひぇっ」

串部は弾かれてひっくり返り、すぐさま、起きあがった。

まるで、起きあがり小法師（こぼし）である。

その様子を顧みることもなく、蔵人介は疾駆していた。

――ぱんぱんぱん。

後列の筒口が、一斉に火を噴く。

蔵人介は地に伏せ、鉛弾を避けた。

「きっちり狙え、的を仕留めるのだ」

野上が怒鳴る。

こんどは至近から鉛弾が飛んできた。

だが、蔵人介には一発も当たらない。

「おのれ」

射手たちは筒を捨て、腰の刀を抜いた。

「ぬりゃ……っ」

蔵人介は抜刀し、一撃でふたりを片付ける。

野上はしかし、あくまでも冷静だった。

尾張柳生の免状持ちと聞いていたが、物腰から推すと偽りはない。

一方、串部は乱戦のなかを突っ切り、ご神木のほうへ突進していった。

「はうっ」

愛刀の同田貫（どうたぬき）で縄を切るや、遥か頭上から縛られた妻女が落ちてくる。

串部は刀を捨てて両手を広げ、妻女をしっかりと抱きとめた。

「殿、ご妻女が、ご妻女が……」

一瞬、空気が凍りついた。

「……舌を嚙んでお亡くなりに」

蔵人介の背後を、人影がひとつ擦りぬけていった。

鎮目だ。

「おのれ、悪党め」

悲痛な叫びをあげながら、野上に斬りかかっていく。

「鎮目どの、待たれい」

蔵人介の呼びかけも虚しく、つぎの瞬間、鎮目は一刀のもとに斬られた。

左手一本で果敢に斬りつけたものの、大上段の一撃で頭蓋を断たれたのだ。

——ぶしゅっ。

石榴(ざくろ)のごとく割れた頭上から、血飛沫が噴きだした。

蔵人介も串部も、金縛りにあったように動けない。

「たわけめ」

野上八太夫は捨て台詞を残し、闇の後ろへ消えていった。

## 十一

串部とふたり、向両国の『日野屋(ひのや)』にいる。

淡雪(あわゆき)豆腐を使った湯豆腐を食わせる見世だ。

冬のあいだのみならず、盛夏でも熱々の湯豆腐を切らさない。

むしろ、水無月後半のこの時季は繁盛しているようにみえた。

理由はちゃんとある。

大川の水垢離(みずごり)だ。

耳を澄まさずとも「さんげさんげ　ろっこんざいしょう」と、勇ましい掛け声が聞こえてくる。

見世は二階建てで、大川に面していた。

二階から川をのぞめば、褌(ふんどし)一丁の男たちが浅瀬を埋めつくしている。手に職を持つ勇み肌の連中が多い。

小競り合いや喧嘩もあり、血を流す者もいる。

それでも、掛け声が途切れることはない。

「さんげさんげ　ろっこんざいしょう　おしめにはつかい　こんごうどうじ　大山大聖不動明王　石尊大権現　大天狗小天狗……」

川縁には石段が築かれ、川底にも幅の広い石が敷かれている。

先達の掲げた巨大な納め太刀には「奉納大山石尊大権現請願成就」などと、墨書きされていた。男たちは参詣前の十七日間、大川で垢離をとったのち、講中(こうじゅう)をつくって相模(さがみ)の大山(おおやま)へ向かうのだ。

水垢離で冷えきったからだを温めるべく、川沿いの見世では燗酒（かんざけ）が出された。

そして『日野屋』の湯豆腐も、男たちには喜ばれる。

串部は川に浸かってもいないのに、汗みずくで豆腐を食べつづけた。

夕暮れになっても、水垢離をする者の列は途切れない。

頭上には花火が弾け、川面には大小の船も繰りだしてきた。

「なかなか、風流な景色でござりますな」

暢気（のんき）につぶやく串部は、着物を脱げば満身創痍（まんしんそうい）だ。

無数の鉄砲玉を食らい、そこかしこに傷を負っていた。

だが、痛い顔ひとつしない。

たぶん、痛くもないのだろう。

吹きよせる夜風が気持ちよい。

「殿、そろりとまいりますか」

「ふむ」

串部は深川の海辺大工町（うみべだいくちょう）に、野上八太夫の妾宅（しょうたく）をみつけていた。

ふたりは『日野屋』を出て少し歩き、一つ目之橋（ひとつめのはし）を渡って南へ向かう。

石置場（いしおきば）を抜けると御船蔵（おふなぐら）があった。さらに御籾蔵（おもみぐら）を過ぎると、正面に万年橋（まんねんばし）がみえてくる。葉月の放生会で亀や鰻を放すところだ。橋のそばに亀売りの見世はまだ開いておらず、丸々と肥えた深川の鰻は庶民の胃袋を満たしている。

「肥えた鰻を放つなどと、正気の沙汰ではござりませぬ」

串部は呵々と嗤い、厄払いの先達よろしく、さきに橋を渡りきった。

橋詰めを左手に折れ、小名木川に沿って進む。

高橋を過ぎ、ようやく、目途の地にたどりついた。

「七年前、横芝三之丞を狙ったときも、たしか深川の妾宅に参りましたな」

串部はぽつりと言い、遠い目をしてみせる。

「あれはたしか、島田町でござりました。伝右衛門のやつが、袋小路で待っていれば鼠は逃げてくると言いおった。そのとおり、横芝は逃げこんでまいりましたが、まさか、鎮目さまの矢を逃れてきたとはおもいもよりませなんだ」

「刺客とはそういうものよ」

「えっ」

「だいじなことは報されぬ。獲物を狩ることのみを強いられ、そのとおりに動く。余計なことを考えれば、こちらの身が危うくなるのだ」

串部は納得しつつも、首をかしげる。

「橘さまはひょっとして、犬丸大膳や甲賀五人之者をご存じなのではありませぬか」

おそらく、知っていよう。

蔵人介も、そのことを疑っていた。

――鬼役にご用心

という短冊を手にしたとき、すでに、察していたのかもしれない。

だが、ひとことも告げてくれなかった。「悪いことは言わぬ。深入りせぬことじゃ」という警告は、敵の正体を認知していたからこそ発せられたものだったのであろう。

もはや、関わりを持たぬわけにはいかなくなった。

どのような試練が待ちうけようとも、鎮目と妻女の仇(かたき)は討たねばならぬ。

いまだ、犬丸大膳なる者の目途は判然としない。

ひとつだけはっきりしているのは、成敗すべき敵であるということだ。

串部は足を止めた。

「この奥に黒塀の妾宅がござります」

「ふむ」

袋小路の暗闇に、蔵人介は足を踏みいれる。

滑るように進み、黒塀の正面に立った。

串部は戸に耳を当て、内の様子を窺う。

「静かですな」

おもったとおり、主人はまだ来ていないようだ。

串部は拳を掲げ、戸を軽く敲いた。

「小間物屋でございます。ご新造さま、鼈甲の櫛簪に高価な寒紅、何かご用はございませぬか」

「はいはい、ただいま」

心張棒が外され、引き戸が開いた。

串部は大股で踏みこみ、有無を言わせず、妾に当て身を食わせる。

ぐったりしたからだを軽々と肩に担ぎ、後ろ手に戸を閉めた。

蔵人介はその場を離れ、水桶の陰に身を隠す。

半刻近く経ったころ、人影がひとつあらわれた。

輪郭から推すと、野上八太夫にまちがいない。

文字どおり、嚢中の鼠である。

周囲を警戒もせず、黒塀の正面までやってくる。

蔵人介は背後に忍びより、声を掛けた。

「おい」

野上は振りむきざま、身を沈めて抜刀する。

――ぶん。

白刃は蔵人介に届かない。

刹那、背後の戸が内から蹴破られた。

「うえっ」

串部が躍りだし、野上は戸の下敷きになる。

が、すぐさま、撥ねのけて逃れた。

蔵人介は抜刀もせず、壁際へ獲物を追いつめる。

「……お、鬼役か」

野上は漏らし、刀を青眼に構えた。

膝に怪我を負ったようだが、腰の据わりはしっかりしている。

「わしを追いつめたつもりか。嚢中の鼠は、おぬしのほうだぞ」

「たいした自信だな」

「おぬしの命は風前の灯火(ともしび)よ。わしを斬ったとて、残った三人がおぬしの息の根を止めよう。三人の技倆はわしよりも数段上、束ねの犬丸さまはさらに上をいく。鬼役づれのかなう相手ではないわ」

「別に勝負をする気はない」

素っ気なく言うと、野上は不思議そうな顔をする。

「おぬし、目途は何なのだ。いったい、どのような密命を帯びておる」

「密命など帯びておらぬ」

「異(い)なことを。みずからの意志で動いておると申すか」

「さよう。鎮目どのの仇を討つためにまいった。他意はない」

「ほっ、こいつは驚いた。鎮目健志郎の弔い合戦と申すのか。そもそも、あやつはおぬしを誘うための餌に使ったにすぎぬのだぞ。長雲寺では失敗(しくじ)ったがな、ここでおぬしを返り討ちにすれば、とどこおりなく役目を果たすことになる」

蔵人介は表情も変えず、じりっと爪先を躙(にじ)りよせた。

「あの世へ逝くまえに、ひとつだけ教えてくれぬか。犬丸大膳を雇っておるのは誰なのだ」

「ふふ、隠密の本性が出おったな。少なくとも、雇っておるのはわしではないぞ。

おぬしのごとき虫螻蛄(むしけら)が、一生かかっても目見得(めみえ)できぬお方さ」

「目見得か」

公方並みに身分の高い人物なのだろうか。

「そのお方は、大それたことを考えておられる。わしらなんぞの想像もおよばぬことをな。聞きたいか、ふふ、それ以上は言うまい。地獄の獄卒(ごくそつ)にでも聞くんだな」

野上は横雷刀に白刃を寝かせ、一長足に斬りつけてきた。

「ぬん」

蔵人介は抜刀する。

一閃、薙ぎあげた。

――ばすっ。

瞬殺の一撃は野上の両腕を飛ばし、首をも飛ばしてみせた。

黒塀は血飛沫で濡れ、生首は袋小路のどんつきまで転がっていく。

「殿、お見事にござります」

串部のことばも虚しく聞こえた。

毛の抜けた野良犬が一匹、いつのまに近づいていたのか、野上の片腕を咥(くわ)えて遠ざかっていく。

晦日(みそか)の空に月はない。

闇の向こうに目を細めれば、何者かの気配が蠢(うごめ)いていた。

「犬丸大膳なのか」

はたして、どのような野望を秘めているのか。

今は想像すらできぬが、いずれ近いうちに対峙せねばなるまいと、蔵人介は覚悟を決めた。

# 眉間尺（みけんじゃく）

## 一

文月（ふづき）になって大雨がつづき、江戸市中は鉄砲水に襲われた。

この時季にしては稀なことである。

稀な出来事と言えば、品川の海岸に傷ついた背美鯨（せみくじら）が一頭流れついた。

噂は噂を呼び、大勢の見物人が押しかけた。

そのなかに、矢背家の面々もいる。

鯨をぐるりと囲む人垣の最前列に陣取り、巨大な黒い生き物が次第に弱っていくすがたをみつめていた。

「くうくう鳴いておるのう」

志乃は涙まで浮かべてつぶやく。

「ありゃもう助からんで」

と、真っ黒に日焼けした皺顔の漁師が応じた。

「頭に大きな傷がある。おおかた、船にでもぶつかったのじゃろう」

「可哀相に」

志乃は列から離れて鯨に近づこうとしたが、すぐに戻ってきた。

「うっぷ」

「養母上、どうなされた」

「凄まじい臭いじゃ。吐き気がする」

遅れてあらわれた御船奉行（おふねぶぎょう）の配下たちが、鯨の周囲に縄を張りはじめた。

「これ、お年寄り、退がっておれ」

「年寄りとは何じゃ、無礼であろう」

「無礼も糞もないわ。早う（はよ）退がれ」

高飛車な態度で命じられ、志乃はこめかみをひくつかせる。

「縄など張ってどういたす。浜辺は誰の土地でもなかろうが」

後ろから別の役人に導かれ、筋骨隆々（きんこつりゅうりゅう）の若い漁師たちがやってきた。

「黙れ、婆（ばばあ）。そこを退け」

巨漢の髭面に睨まれても、志乃は怯まない。

「おぬし、口の利き方を知らぬのか」

「何じゃと、この糞婆め」

「まだ言うか」

「ああ、何度でも言うてやる。銛（もり）で突かれたくなくば、とっとと退け」

鼻先に銛をちらつかされ、志乃は機敏に反応した。

手刀で銛の先端を弾き、巨漢の太い腕を搦（から）めとるや、えいとばかりに投げとばしてみせたのだ。

「ふはは、鯨並みに強い婆さまだぞ」

周囲が沸（わ）いた。

蔵人介は慌てて、巨漢の腕を取って引きおこす。

「すまぬ、大目にみてくれ」

袖口に小粒（こつぶ）を入れると、巨漢の漁師はふんと鼻を鳴らして離れていった。

「これより鯨を召し捕る。女子どもは目を瞑（つむ）っておいたがよいぞ」

役人が真面目な顔で叫んだ。

鯨のそばには、銛や鉈(なた)を手にした漁師たちが集まっている。

「それ、はじめよ」

役人の合図で、漁師たちが銛を投げた。

「そりゃ」

何本もの銛が、無情にも鯨の頭に突きささる。

「ぐおん」

鯨は最後の力を振りしぼり、尾鰭(おひれ)で海面を叩きつけた。

大量の水飛沫が空に舞い、見物人たちの頭に落ちてくる。

「うわああ」

興奮して逃げまどう者たちはみな、何やら楽しそうだ。

祭のような喧噪が海岸を包み、やがて、人も鯨も静まりかえる。

「息の根が止まったようじゃな」

老いた漁師が淋しげに言った。

解体がはじまると、相伴(しょうばん)に与(あずか)ろうとする者たちが列をつくりはじめた。

志乃もちゃっかり並んでいる。

「今夜は鯨汁にしよう」

幸恵と相談を交わし、鯨のどの部位を貰うか遠目から物色（ぶっしょく）する。

そこへ、役人からお達しがあった。

「鯨は洲崎（すさき）の弁財天（べんざいてん）へ奉納するゆえ、肉を分けあたえることはできぬ。みなのもの、あきらめよ。早々に帰るがよい」

文句を言う者もあったが、屈強な漁師たちに睨まれると、ほとんどの者は渋々ながらも帰路についた。

蔵人介たちも踵（きびす）を返し、砂浜をとぼとぼ歩きだす。

すると、誰かが声を掛けてきた。

「お武家さま方、お待ちくだされ」

振りむけば、さきほどの老いた漁師が立っている。

「よろしければ、わしの小屋へ来なさらぬか。一刻ほど待ってもらえば、鯨肉を馳走（ちそう）いたそう」

「まことか」

志乃がまっさきに食いついた。

「あの鯨肉を馳走してもらえると」

「尾の身（おみ）の刺身も食わしてやろう。ぬへへ、舌が蕩（とろ）けるぞ」

一生に一度味わえるかどうかもわからぬ貴重な部位だ。

　志乃は一も二もなくうなずきつつも、小首をかしげた。

「されど、何故、われらにそのようなご親切を」

「おまえさまがお強いからじゃ。さっき投げとばした若造がおったであろう。あれはわしの息子でな、寿三（としぞう）というんじゃ」

「親爺さまの名は」

「わしは寿（とし）じゃ。洲崎村で網元をやっておる。若い時分は長崎の平戸（ひらど）で鯨を捕っておったが、何の因果（いんが）かこの地へ流れついた。あの鯨、とても他人とはおもえぬ。弁天さまへ奉じる蕪骨（かぶらぼね）以外は、ありがたく食べ尽くしてやらねばなるまい」

　解体は地元の漁師たちに任されている。鯨に詳しい寿父子には、それなりの恩恵があるのだろう。

「油以外は貰えるのさ」

　役人たちが欲しいのは、高値で取引できる鯨油（げいゆ）なのだという。

　老いた漁師は、手早く解体されていく鯨のほうを指さす。

「ほれ、白いかたまりがみえるじゃろう。あれが油じゃ。一頭で酒樽一千個ぶんにはなる」

一家は老人に導かれて浜辺を歩き、松林のそばに建つ漁師小屋までやってきた。
小屋のまんなかには囲炉裏が築かれ、網や釣り竿のほかに、薪や鍋釜の用意もある。

矢背家の面々は、ぞろぞろ小屋にはいった。蔵人介に卯三郎、志乃に幸恵、下男の吾助と女中頭のおせき、それに、行儀見習いの町娘たちまでいる。どうしたわけか、従者の串部六郎太だけはいない。夏風邪をひいて寝込んでしまったのだ。

「間の悪い男じゃ。肝心なときにおらぬ」

志乃は皮肉を漏らしつつも、串部のために土産を携えていくはずだ。

しばらくすると、息子の寿三が仲間といっしょに戻ってきた。

解体した鯨の肉を、どっさり運んでくる。

蔵人介たちを気にも掛けず、肉を塩漬けにしたり、鍋を火に掛けたり、忙しなく作業をやりはじめた。

吾助とおせきが立ちあがり、手慣れた仕種で手伝う。

「若いころ、紀州の古座におったことがござりましてな」

吾助は寿父子と馬が合ったようで、鯨談義に花を咲かせた。

「三十尋余りの背美鯨を銛で突いたこともござります。解体した肉は塩漬けにし、稲藁で巻いたあとに海水を掛ける。それで何ヶ月も保ちまする。荒巻鮭ならぬ荒巻鯨でござるよ」

「そのとおりじゃ」

寿三が赤ら顔で、吾助に相槌を打った。

蔵人介は毎年神無月になると、城中で鯨肉の毒味をする。

紀州家から公方に「荒巻鯨」が献上されるからだ。

無論、これほど新鮮な肉を口にしたことはない。

寿老人は尾の身の肉を刺身でひときれずつ、みなにふるまってくれた。

誰ひとり、声をあげる者はいない。

瞠った眸子を、爛々と輝かせている。

美味すぎて、ことばが出てこないのだ。

「蕩けましてござる」

志乃が満面の笑みを浮かべた。

さきほど投げられた寿三も、嬉しそうに微笑む。

鍋が煮たつと、肉だけでなく内臓も抛りこみ、ほかの魚貝や野菜とともに豪快な漁師鍋をつくった。

みな、汗を掻きながら汁を平らげる。

注ぎまわされた酒も呑み、すっかり腹が満たされると、漁師たちは陽気に鰯(いわし)の大漁を祝う大漁節(たいりょうぶし)を唄いだした。

手拍子で盛りあげ、いっしょに唄う。

至福の時は過ぎ、浜辺に夕暮れが訪れた。

波打ち際の鯨は、痕跡も無く消えてしまった。

「まるで、夢のような出来事でござりましたね」

小屋を出て潮風に吹かれていると、幸恵が身を寄せてきた。

「こんな日があってもよかろう」

つかのまの休息を心ゆくまで味わいたい。

蔵人介は幸恵の肩を抱きよせ、暮れゆく海をみつめた。

## 二

犬丸大膳のことが、いつも頭の片隅にある。

真夜中に寝付けず、国次を提げて家を出た。

武家地を外れて竹林に分けいり、唐突に白刃を抜く。

「はっ」

正面の闇を斬り、振りむいて背後の闇を斬った。

二本の竹が、ほぼ同時にずり落ちる。

――ざざっ。

竹笹の擦れる音に紛れて、何者かの気配が立った。

「見事なお手並みでござる」

誰であるかは、すぐにわかる。

「伝右衛門か」

公方の尿筒持ちが、橘右近の密命を携えてきたのだ。

「永代橋の御船蔵まで、ごいっしょ願いましょう」

「今からか」

「はい」

存外に幅のある背中につづき、竹林から抜けだした。

濠端を進んで新橋から小舟に乗り、三十間堀川から楓川をたどって日本橋川にいたり、右手に折れて大川の注ぎ口まで向かう。

かなりの道程だが、伝右衛門はひとことも口をきかなかった。

沈黙には慣れているので、蔵人介は気にならない。

じっと目を閉じ、流れゆく小舟に身を任せた。

「着きましたぞ」

伝右衛門に促されて陸へあがり、永代橋西詰めの広小路を突っ切る。

御船蔵は徳川水軍の長を世襲する向井家の差配下にあり、番小屋には「河童」と呼ばれる向井家の役人たちが詰めていた。

伝右衛門が合図を送ると、迷惑そうな顔をしながらも通してくれる。

御船蔵は何棟かに分かれて横一列に並び、すべてが大川に面した船入の構造になっていた。屋根で覆われているものの、頑丈な造りではなく、鉄砲水の被害で壊れた箇所も随所に見受けられる。

「さあ、こちらへ」

伝右衛門は深奥の御船蔵に向かい、板戸を開けて踏みこんだ。

番小屋があるほかは桟橋がコの形で築かれており、波除けを外せば船は川へ直に滑りだせるようになっている。

物々しい装束の「河童」がふたり、番小屋から首を出してこちらを睨みつけた。

船入には、巨大な蝙蝠のような帆船が繋がれてある。

「戎克でござる。清国から渡ってまいりました」

「なに、清国から」

「舵と帆を失ったまま、浦賀水道へ迷いこんでまいりましてな。どうやら、外海で鯨にぶつかったらしく」

「もしや、品川に流れついた背美鯨のことか」

「そうにちがいないと、御奉行の向井将監さまは仰せです」

「その鯨、この目でみたぞ」

みただけではなく、家の者たちみなで味わった。

「ならばいっそう、縁深きことかと」

清国の帆船ならば、密輸船の公算も大きい。

「図星にござる」

品川沖に漂流する戎克を配下に拿捕させた向井将監は、漆黒の闇に紛れて御船蔵へ曳航させ、さっそくこの重大事を老中の水野忠邦に急報した。水野は向井に箝口令を敷かせるとともに、難破帆船の処理を橘右近に託したのだ。

「矢背さま、こちらへ」

伝右衛門は「河童」の目も気にせず、戎克の甲板へ乗りうつる。

勝手知ったる者のように船尾寄りへ向かい、穿(うが)たれた穴から梯子(はしご)を伝って下へ降りはじめた。

船倉へ行くらしい。

蔵人介は首をかしげつつも、伝右衛門につづいた。

薄暗い船倉には、鼻を摘まみたくなるような悪臭がたちこめている。

手燭(てしょく)に照らされた薄闇を覗き、はっとなった。

脅えた眸子(まなこ)が、いくつも光っている。

人がいるのだ。

「あれはもしや」

「清国の水夫(かこ)たちにござる」

痩せて無精髭を伸ばした者が二十名近く、肩を寄せあっているという。

「食事と水は与えておりますので、よもや死ぬことはありますまい」

今のところ、逃げだそうとする者もいなかった。

逃げれば獄門磔(ごくもんはりつけ)にすると、番小屋の「河童」に脅しつけられたのだ。

伝右衛門は恐れもせず、水夫たちを掻きわけるように奥へ向かった。

手燭の下に、一斗樽が置いてある。

蓋を開けると、小便の臭いがした。

覗いてみれば、黒っぽい粒が樽いっぱいに詰めてある。

「これが何かおわかりですか」

「さあな」

蔵人介が首を横に振ると、伝右衛門はにやりと笑った。

「阿芙蓉にござります」

罌粟から取った汁を凝固させた代物だという。

全身の毛穴が開き、嫌な汗が吹きだしてくる。

「出ましょう」

「ふむ」

ふたりは息苦しい船倉から甲板へ逃れた。

阿芙蓉は言うまでもなく、人の精神を蝕む麻薬にほかならない。

かつて、大奥に蔓延しかけたところを阻んだことがあった。

「天竺にて栽培され、英国の阿漕な商人どもを介して、なかば公然と清国に売られてまいりました」

清国では原則、阿芙蓉の売買を禁じている。

しかし、一度その味をおぼえた者には、どのような法度も通用しない。

伝右衛門は清国のことばをある程度は解するらしかった。水夫たちに聞いたはなしによれば、広州の港町にはいたるところに阿片窟があり、老若男女や貴賤の別を問わずに煙管で毒の煙を吸引しているのだという。

「ご存じかとおもいますが、吸引した者は骨と皮だけの生きる屍となります」

病んだ者のすがたは、蝕まれてやせ細る大国のすがたとも重なった。

病巣の根は深い。惨状を憂いた帝は林則徐なる欽差大臣を任命し、阿芙蓉の撲滅に乗りだした。阿芙蓉を大量に集めて廃棄処分にし、売買した商人は死罪にするという厳しい通達を出したのだ。

阿芙蓉で莫大な利益を得ていた英国商人と後ろ盾の英国は猛反発し、拠点とする広州や澳門から一度は逐われたものの、砲門を備えた蒸気船をしたがえて攻勢に転じ、香港九竜沖の砲撃戦などで清国の船団に大打撃を与えたらしかった。

「お隣の清国では、英国を相手取った戦さがすでにはじまっております」

蔵人介のみならず、たいていの者は知らないはなしだ。

驚愕すべき情勢の詳細は、さきごろ、バタヴィアの和蘭政庁から隠密裡に『別段風説書』なる書面でもたらされた。機密書の内容は幕閣のお偉方たちでさえ一部しか知らず、厳しく箝口令が敷かれているという。

「多くの者が知ってしまえば、いたずらに恐怖を煽り、全国津々浦々で暴動すら勃きかねぬからだと、橘さまは仰せです」

しかも、後手を踏む幕府の弱腰を糾弾されかねない。そのため、今は表沙汰にできぬものの、焦臭い隣国の情勢をいつまでも隠しおおせるわけはなく、戦乱を避けて日本へ逃げてくる唐船も増えつつあった。

「じつを申せば、新潟湊や境湊でも戎克がみつかっております」

浜田藩、糸魚川藩、椎谷藩などの領内にも、難破船は漂着していた。

しかしながら、船はことごとく焼きはらわれ、水夫たちは各藩内に監禁されているという。

「阿芙蓉を大量に積んでくる密輸船もござります」

鯨に衝突した戎克にも、阿芙蓉を詰めた樽が三十余りも積んであった。

それらをすべて、外海の洋上で日本の廻船問屋に売ったという。

樽を移して身が軽くなった翌日、鯨にぶつかってしまったのだ。

「あらかじめ、唐人の誰かが廻船問屋と落ちあう段取りを組んでいたことになるな」

「仰るとおり、水夫頭が段取りしておりました」

水夫頭は鯨と衝突した日の夜、小船を海に浮かべてたったひとり、夜陰に乗じて逃げたらしかった。

「水夫たちのなかで、まことの名を知る者はおりませぬ。その男、みなから『眉間尺』と呼ばれておりました」

「『眉間尺』か」

左右の眉が異様に離れており、そうした顔の特徴からついた綽名だった。

「水夫頭とは申せ、まだ二十歳前後の若造だとか。誰よりも腕っぷしが強く、海のことを熟知していたので、水夫たちも信をおいておりました」

「されど、仲間を捨てて逃げたのであろう」

「きっと戻ってくると、多くの者は申しております」

伝右衛門は、ぐっと顎を引いた。

「戻ってくるどころか、生きているかどうかもわかりませぬ。いずれにしろ、その『眉間尺』の足取りを追えば、阿芙蓉を買った悪徳商人の素姓もわかろうかと」

「わしにそやつを捜せと申すのか」

「それが橘さまの密命にござります」

蔵人介は、ほっと溜息を漏らす。

「行き先の心当たりは」

「今のところ、まったくござりませぬ。何かが起こるのを待つしかないのかも」

まるで他人事のように言い、伝右衛門は戎克から降りてゆく。

蔵人介は眉根を寄せ、折れた檣を睨みつけた。

## 三

七夕、大名諸侯は千代田城へ白帷子で伺候し、祝賀の挨拶を受けた公方家慶は昼餉につるつると冷素麺を食べた。瘧を避ける縁起担ぎなのだという。

一方、巷間では井戸替えや硯洗いといった水にちなむ行事が催された。

町中の屋根には大小の笹が飾られ、風に揺らめく短冊にはさまざまな願い事が記されている。

――みな健やかに　平穏無事でいられますように
そうした願いを裏切るような出来事が起こった。

夜、両国広小路の土手下で笹流しがおこなわれているころ、橋番所の裏にある稲荷社で異様な死に様の屍骸がみつかったのだ。

蔵人介はこのとき、家の連中と笹流しを見物しにきていた。

騒ぎを聞きつけて足を向けたものの、すでに、屍骸は役人たちの手で運びさられたあとだった。

「胸のまんなかに、これくらいの穴が開いておりましたぞ」

ひとあし先に屍骸を拝んだ串部が、興奮気味に拳を握ってみせる。

しつこい風邪もようやく治り、蔵人介の命で『眉間尺』という唐人の行方を追っていた。その矢先の出来事だ。

「殺しにござります。ほとけは難波屋久右衛門、日本橋の室町に店を構えたばかりの両替商だとか」

老舗でも御用達でもない新興の商人だが、大名貸しをやるほど儲かっていた。どうせ阿漕な手を使って儲けたのだろうと陰口を叩く連中もおり、どちらにしろ、あまり評判のよくない人物だったらしい。

妙なことに、誰ひとり殺しを目にしていない。

「用心棒のひとりやふたり、おったであろうにな」

「難波屋は柳橋の料亭で宴を張り、幕府の役人を接待していたそうです」

中座して厠へ行ったきり、戻ってこなかったのだという。

厠へ行ったはずの者が、どうして橋を渡ったさきの稲荷社でみつかったのか、調べてみる必要はあろう。しかし、それは町奉行所の役目だ。

笹流しも終わり、川端に集った人々が家路につきはじめた。

志乃や幸恵は、待たずに帰ってしまったにちがいない。

橋番所のまえを通りかけ、ふと、蔵人介は足を止めた。

うらぶれた身なりの年寄りが、番人相手に喚いている。

酒を呑みすぎ、酔っているのだ。

「おれは酔っ払ってねえぞ。ちゃんとこの目でみたんだ。眉と眉の離れた妙ちきりんな顔をな。あの野郎が殺ったにちげえねえ」

番人はうるさがって相手にせず、番所の戸をぴしゃりと閉めてしまう。

蔵人介に促され、串部が年寄りのもとに駆けよった。

「親爺さん、今のはなし詳しく聞かせてくれ」

「誰だい、あんたは」

「串部という者だ。んなことはどうだっていい。眉と眉の離れた顔の男をどこでみたって」

「お稲荷さんのなかだよ。その野郎、泣きながら鳥居の向こうに逃げていきやがった」

「泣きながら」

「ああ、そうだ。罪深さに泣いたのさ。あの野郎が誰かを殺めたにちげえねえんだ」

「そやつ、何か携えておらなんだか」

「持っていたかもな」

何を持っていたのかまでは、おぼえていないらしい。

串部に小銭を手渡され、親爺は何度もお辞儀をする。

「親爺さん、ありがとうよ。これで好きな酒でも飲りな」

蔵人介は、橋番所のほうへ足を向けていた。

殺められた商人が宴席を催した料亭の名を聞きだし、詳しく経緯を調べてみようとおもったのだ。

さらに、それから二日後の晩。

またもや、凄惨な出来事が起こった。

武家屋敷の集まる御徒町(おかちまち)の路地裏で、胸に大きな穴を開けて死んでいる屍骸がみつかったのだ。

「幕臣が殺められました」

伝右衛門から急報を受け、串部ともども駆けつけてみると、義弟の市之進が調べに立ちあっていた。

なるほど、幕臣殺しを調べるのは町奉行所の役人ではない。徒目付たちだ。屍骸は大勢の目に晒さぬようにとの配慮から、目付の配下らが早々に運びさったという。

「義兄上、やはり、こられましたな」

市之進は眸子を好奇の色で染める。

「さきほど、公人朝夕人を見掛けましたゆえ。もしや、橘さまのお指図で殺しの下手人を捜しておられるのですか」

「まあ、そんなところだ」

「拙者にも手伝わせてくださ い」

「いちいち断る必要もなかろう」

「さればさっそく、ほとけの素姓を」

「ふむ、教えてくれ」

「勘定吟味役(かんじょうぎんみやく)の井桁茂之(いげたしげゆき)さまにござります」

軽輩の勘定所普請役(ふしんやく)から禁裏御入用取調役(きんりごにゅうようとりしらべやく)、御勘定、同組頭を経て、勘定吟味役にまで上りつめた。

「叩きあげの勘定方にござります。家禄は百五十俵にすぎませぬが、野心旺盛な人物との噂も」

さすが徒目付だけあって、幕臣の事情に精通している。

「大きい声では申せませぬが、御老中の水野さまに取りいり、御見出しによって長崎奉行に就こうと狙っておられた節もござります。じつは一昨日の晩、両国でも同様の殺しがござりました」

「存じておるわ」

即座に応じると、市之進は身を乗りだす。

「されば、ほとけの素姓もおわかりで」

「為替(かわせ)両替の難波屋久右衛門であろう」

「仰せのとおりにござる。じつは、難波屋主催の宴席に招かれていたのが、井桁さまでござりました」

「何だと」

「驚かれましたか」

要するに、ふたつの殺しは繋がっていた。

「殺され方が尋常ではないところも同じでござる」

「誰か、下手人をみた者はおらぬのか」

「下手人かどうかはわかりませぬが、辻番が妙な顔の若い男をみております」

「もしや、眉と眉の離れた男か」

「よくご存じで。その男、何やら、泣きべそを掻きながら走り去ったとか」

「眉間尺だ」

と、串部が叫んだ。

市之進が眸子を輝かせる。

「ほう、それがお捜しの相手で」

「鯨とぶつかって御船蔵に曳航された唐船が一艘あってな、ひとりだけ逃げた水夫頭がおったのだ。水夫たちですら名を知らぬ。特異な風貌の特徴から、眉間尺と呼ばれておるのさ」

「眉間尺なる逃げた水夫頭が、ふたつの殺しに関わっている。そういうことになりましょうか」

「考えられることはひとつ」

「何者かに雇われ、刺客となった」

「さよう、それ以外に考えられまい」

市之進は考えこみ、ふいに顔を持ちあげた。

「ひとつ忘れておりました。辻番によると、眉間尺らしき男は手槍のようなものを提げていたそうです。おそらく、それが得物にござりましょう」

だが、通常の手槍では、拳大の穴を穿つことはできまい。

市之進は離れていき、蔵人介は一昨夜のことを反芻した。

難波屋が宴席を催した料亭は『百万石』といい、金満家でなければ通してもらえぬところだった。

それゆえ、公儀の役人と偽って敷居をまたいだ。

奉公人たちの口は重かったが、下女のひとりにはなしを聞くことができた。

下女は中座した難波屋を廊下で見掛けており、艶っぽい芸者に袖を引かれていたと証言した。

蔵人介は料亭を出たその足で、芸者を手配する見番を訪ねた。

すると、難波屋の袖を引いたのは、楽太郎という権兵衛名の新参者とわかった。見番でしばらく待ってはみたものの、楽太郎はついに宴席から戻らず、翌日になって串部を向かわせてみると、行方知れずになっていた。

ともあれ、難波屋は芸者の色香に誘われて料亭の外に出た。

そののち、命を落とすことになったのだ。

難波屋と勘定吟味役は、蜜月の間柄だった。本来ならば、公正を期さねばならぬ勘定吟味役が金貸しに接待されることなど、あってはならないことだ。

悪事の臭いが、ぷんぷんする。

ふたりが殺められた理由を探れば、眉間尺に行きつくのかもしれない。

端緒を掴んだとおもったのもつかのま、橘から新たな密命が下されてきた。

## 四

和蘭より極秘裏にもたらされた『別段風説書』が何者かに盗まれた。

水野忠邦が執務部屋として使う上御用部屋でたいせつに保管されていたにもかかわらず、ほんの四半刻ほど目を離した隙に盗まれてしまったのだ。

「一刻も早く、別段風説書を取りもどせ」

新たな密命が下されたのは、御徒町で「眉間尺」の痕跡を探った日の晩だった。

蔵人介は駿河台の橘邸に呼びつけられ、通詞(つうじ)の手になる和訳写本をみせられた。

表紙には「和蘭暦千八百三十八年より四十年まで唐国においてエゲレス人等の阿片商法を停止(ちょうじ)せんために起こりたる著しき記事をここに記す」とあり、この長い題名が機密書の内容を要約していた。

通常の『風説書』は毎年、長崎出島(でじま)の和蘭商館長からもたらされる。『別段』とわざわざことわっている理由は、和蘭商館長の上役にあたるバタヴィアの和蘭領東印度(ひがしインド)総督の指示で作成された別立ての書面ということだった。

「あたりさわりのないことが記されている風説書とはちがう」

橘は眉間に縦皺を刻んだ。

「ひとことで申せば、清国は英国に海戦で敗れた。船舷に大筒を四十門近くも並べた軍船に攻めこまれ、手も足も出ずに負けたのじゃ」

機密書には『アイリス』『ジギタリス』などと、軍船の名まで記されていた。いずれも英国の東印度艦隊に所属する最下級の六等艦であったが、湾内で迎えうった清国の船団は歯が立たなかった。

あまりに刺激が強すぎる内容なので、老中たちの判断で公方家慶の目には触れさせていないという。

そのことも、水野や橘が焦りを禁じ得ない理由らしかった。

「これを読めば、つぎはわが国が英国に攻めこまれると考えるは必定。諸藩に噂が広まれば、抗戦機運が高まるにちがいない」

軍船すら持たぬ現状で戦えば、清国の二の舞になるのは目にみえている。

「だからと申して、手をこまねいておれば、公儀は弱腰を非難され、謀反の萌芽にもなりかねぬ。それゆえ、おぬしを呼んだのじゃ。別段風説書は草の根を分けてでも探しださねばならぬ」

橘は拳を振って力説し、茶の代わりに酒を呑んだ。

近頃は心労がひどく、強い酒が手放せなくなってしまったらしい。

密命が下って三日目、蔵人介は城中でそれとなく目を光らせているものの、怪しげな人物をみつけることはできていない。

一方、伝右衛門も御坊主衆を中心に探りを入れているものの、いまだ端緒すら摑んでいないようだった。

機密書が収められていたのは、老中の水野忠邦が執務をおこなう上御用部屋である。

盗まれたのに気づいたのは八つ刻（午後二時）前後、厠に行っていて目を離した隙だった。

上御用部屋は表向のなかでも、中奥との境にある土圭之間に近い。若年寄の使う次御用部屋が隣にあり、すぐそばには新番組頭や番医師の控える桔梗之間もある。

桔梗之間よりも近いのは、奥御右筆たちの詰める右筆部屋だ。

奥御右筆は公方に上申するあらゆる書面に目を通すので、諸大名からも一目置かれている。なかには秘かに接待を受け、諸大名に融通をはかっている者もあると聞く。急ぎの用事で上御用部屋に呼びつけられることもあるので、忍びこむ機会はあったかもしれないとおもい、蔵人介は奥御右筆に狙いをつけていた。

だが、様子の変わった者や怪しい素振りの者はみつけられなかった。

今日もあきらめて帰路に就いたとき、半蔵御門の手前で里中新左衛門という元奥御右筆に出会した。

草履の鼻緒が切れたらしく、御門脇で手拭いを細く裂いている。

裂いた布で紙縒りをつくり、穴に通そうとするのだが、なかなか上手くいかない。

焦りすぎて手は震え、吹きだす汗の量が尋常ではなかった。

里中はすでに出世の道筋から外れ、今は武具庫を管理する御箪笥（おたんす）奉行か何かをやっているはずだ。

城中で会えば挨拶くらいは交わす仲なので、蔵人介は何の気なしに近づいた。

「里中どの、難儀のご様子」

「あっ、これは矢背どの。みっともないところをおみせした。拙者、生来の不器用者にござってな、草履の鼻緒ひとつまともにすげられぬ」

「どれ、拙者にお任せを」

蔵人介はなかば強引に草履と布を奪い、いとも簡単に鼻緒をすげてしまう。

里中は慌てて草履を履き、拝まんばかりに頭を垂れた。

「かたじけのうござる。さすが鬼役どの、何でもさらりとやってのける。礼をせねばなるまい」

「礼などいりませぬよ」

「そういうわけにはまいらぬ。されど、今日はちとまずい。先約がござってな、人に会わねばならぬ。日を改めて、一献つかまつろう」

「はあ」

「されば」

里中はお辞儀をし、そそくさと門を越えていく。

蔵人介も、急いで離れていく背中を追った。

門の外では、串部が待っている。

蔵人介の眼差しをたどり、里中の背中を睨みつけた。

「何やら、怪しゅうございますな。かの御仁、従者も連れておりませぬぞ」

「追ってみるか」

この時点で確信があったわけではない。

ただ、元奥御右筆なら書面の価値も判断できようし、上御用部屋へ忍びこむこともできたであろうと勘ぐっただけだ。それに、出世から外れた者にしては、高価そうな布地の裃を着けていた。

金まわりがよいとなれば、それ相応の理由が要る。

尾行するにつれて、疑念は一段と深まっていった。

里中は「人に会わねばならぬ」と言っておきながら、深閑として人っ子ひとりいない寺領内へ足を向けたのだ。

五

それは上野寛永寺領内の深奥にある東照宮であった。

東照大権現家康と八代将軍吉宗の御霊が祀られている。

人気の無い薄闇のなかを、里中は提灯ひとつ提げて進んでいった。

酒井家寄進の大石鳥居を潜り、左右に二百基余りの石灯籠が不気味に並ぶ参道をたどっていく。そして、星明かりを浴びて金色に輝く権現造りの拝殿に両手を合わせ、しばらくのあいだじっと願い事をした。

明日からは盂蘭盆会、祖霊を迎える迎え火も焚かれる。

一日早い祈禱が何を意味するのか、遠目からでは想像すべくもない。

里中は祈りを終えると拝殿から離れ、早足で大石鳥居も抜けていった。

そして、やってきたのは弁天島、蓮飯を食わせる茶屋の灯りが不忍池に映っている。

早朝東雲のころにやってくれば、池一面に咲く蓮の花を堪能できるだろう。

夜は宴席のために訪れる客しかいない。

里中は迷わずに進み、茶屋のひとつに消えていった。

「やはり、誰かと会うようですな」

串部が囁きかけてくる。

あきらかに、里中の行動は怪しい。

茶屋で会う相手の素姓が知りたくなった。

「やはり、かの御仁が和蘭の書面を盗んだのでしょうか」

「さあな」

「されど、何故、盗んだのでござりましょう」

「金になるからさ」

それ以外に理由はあるまい。

隣国が危機に瀕(ひん)しているとわかれば、欧米列強への備えを声高に叫び、無策の徳川幕府に見切りをつけようとする勢力が出てきてもおかしくはない。たとえば、倒幕を画策する者があるとすれば、英国の脅威を裏付ける『別段風説書』は喉から手が出るほど欲しい機密書となる。

曲がりなりにも奥御右筆を長くつとめた者ならば、書面にどれだけの価値があるのかはわかる。

おそらく、里中には金が欲しい事情でもあったのだろう。

もしかしたら、これが最初ではなく、金になりそうな機密書があれば手に入れて外へ持ちだしていたのかもしれない。

だとすれば、とんでもない裏切りだ。

斬首の沙汰が下されても、同情の余地はない。

一刻ほど経ったころ、里中が茶屋から出てきた。

「ひとりのようでござる」

遠目からでもわかるほど、しきりに悪態を吐いている。

「どうやら、不首尾に終わったようでござりますな」

吹っかけた値を、相手に拒まれたのかもしれない。

串部の指摘は当たっていると、蔵人介はおもった。

少なくとも、機密書はまだ里中の手の内にあるのだろう。

今ここで本人を脅しあげれば、取り戻せる公算は大きい。

蔵人介は即座に判断するや、大股で一歩踏みだした。

串部は背後にまわりこみ、里中の退路をふさぐ。

——ぴしゃ。

水音がしたので振りむくと、蓮見船が夜の池に漕ぎだしていた。

頰被りの船頭がひとり、物憂げに棹を挿している。

妙だなとはおもったが、取りあっている余裕はない。

蔵人介は正面に向きなおり、足早に近づいていった。

「うっ、何者だ」

気づいた里中は身を固め、腰の刀に手を掛ける。

「お待ちあれ」

さらに近づくと、里中は意外な顔をした。

「矢背どのではないか。どうしてここに」

「半蔵御門から、おぬしを追ってきた」

「何と……ま、まさか、隠密なのか」

「あきらめよ。盗んだ書面の在処を申せ」

「……ま、待ってくれ。これには深い事情がある。妻が不治の病に罹ってな、唐渡りの薬を買うのに金がどうしても要るのだ」

「みっともない言い訳はよせ。観念しろ」

里中が殺気を感じて振りむくと、串部がすぐそばで眸子を炯々とさせていた。

もはや、わるあがきはできぬとあきらめたようだ。

蒼白な顔でうなずき、ぼそぼそ喋りはじめる。

「魔が差したのだ。諸外国の情勢を記した風聞書は金になる。ましてや、別段風説書ともなれば、倍の値がつくと踏んだのさ」

里中はいつも、奥御右筆の若手たちが囁くはなしに聞き耳を立てていた。「水野さまより上様の目には触れさせてはならぬとの厳命があった」ほどの機密書であるとの噂を耳にし、どうしても『別段風説書』を手に入れたくなったという。

「お察しのとおり、上御用部屋に忍びこむのはこれが一度目ではない。盗んだ書面は、あるお方を通じてある商人に売っていた」

「あるお方とは」

「勘定吟味役、井桁茂之さまだ。商人のほうは為替両替商の難波屋久右衛門さ」

「何だと」

さすがに、驚いた。

「ふたりとも殺められたからな。わしも驚いたさ。されど、わしなんぞより、水野さまのほうが驚かれたに相違ない」

「どうして」

「ふふ、水野さまは難波屋から大金を借りておられた。大名貸しの橋渡しをしたのが、井桁さまだ。ふたりを葬る者があるとすれば、水野さまとの関わりを知る者にまちがいない。しかも、難波屋に代わって水野さまの後ろ盾になりたいと望む者だ。わしはそやつを探りだし、盗んだ機密書を買わぬかと打診した」

「今会ってきた相手のことだな」

「さよう」

「名は」

ぐっと睨みつけると、里中は小鼻をひろげた。

「肥前屋藤吉(ひぜんやとうきち)、銀座に店を構える為替両替商だ。一千両で売ってやると吹っかけたら、一蹴(いっしゅう)されたわ」

事情はわかった。

肝心のことを聞かねばなるまい。

「それで、盗んだ別段風説書はどこにある」

「教えたら、見逃してくれるか」

「命だけは助けよう」

「よし、わかった」

里中は一拍間をおいた。

——ひょう。

突如、怪鳥（けちょう）の鳴き声が闇を裂いた。

夜空を見上げれば、銀の光が飛んでくる。

「ぬぎゃ……っ」

里中が悲鳴をあげた。

後方へ吹っ飛び、仰向けに倒れている。

胸のまんなかに、太くて長い得物が突きたっていた。

「銛でござる」

串部は叫び、池畔へ走った。

着物を脱ぐや、池にざんぶと飛びこむ。

水飛沫の撥ねた遥か向こうへ、蓮見船が悠々と遠ざかっていった。

どうやら、さきほどの船頭が刺客だったらしい。

不安定な船上から、鯨獲りの銛を放ったのだ。

暗さも遠さも厭わず、見事に的を捉えてみせた。

「眉間尺か」

どうせ、串部は追いつけまい。

蔵人介は我に返り、里中を抱きあげた。

「おい、しっかりせい」

もちろん、助からぬことはわかっている。

だが、里中は虫の息で何事かをつぶやいた。

「……と、灯籠……さ、佐久間」

目を瞠ったまま、こときれる。

蔵人介は屍骸を抱いたまま、いまわの台詞を反芻した。

「灯籠、佐久間……佐久間灯籠か」

ぴんときた。

里中の屍骸と串部を置き捨て、脱兎のごとく駆けだす。

たどりついたさきは、さきほどの東照宮だった。

大石鳥居のそばに、高さで五間を超える大きな石灯籠が立っていた。

寄進したのは、家康からはじまって徳川家三代に仕えた佐久間大膳亮勝之である。

巷間で「佐久間灯籠」とも「お化け灯籠」とも呼ばれる灯籠の笠石の下こそが

『別段風説書』の隠し場所にまちがいなかった。

蔵人介は石灯籠を見上げ、愕然とした。

灯らぬはずの灯籠に火が灯っているのだ。

「そんなはずは……」

盂蘭盆会の迎え火には一日早い。

寺の者が気づかずに火を灯したとすれば、隠された機密書が燃えていることも考えられる。

灯籠のそばに近づくと、何故か、梯子が掛かっていた。

誰かが登り、そのままにしていったのだ。

笠石は大きく、周囲二間もある。

手を入れて探り、案じていたことが杞憂だとわかった。

何もない。

ひとあし先に、誰かが手に入れたのだ。

蔵人介は梯子を降り、大石鳥居を潜った。

参道の左右につづく灯籠にも火が灯っている。

そして、深奥に佇む拝殿は妖しげに輝いていた。

おもわず、跪（ひざまず）きたくなるような荘厳な光景である。

「ん」

何かをみつけた。

提灯だ。

参道の向こうに遠ざかっていく。

寺の者であろうか。

足早に追いかけながら、眸子を細めた。

淡い光を放つ提灯には、家紋が描かれている。

「丸に酢漿草（かたばみ）か」

駆けだそうとした途端、提灯はふっと消えてしまった。

六

翌、十三日。

「まこも、まこも、ませがきやあ」

露地裏に真菰（まこも）売りの売り声が響いている。

家々には白張りの盆提灯や高灯籠が飾られ、家内に築かれた盆棚には祖霊を迎えるための花や供物が捧げられた。夕になれば門口に迎え火を焚き、みなで檀那寺に詣って祖霊を導いてこなければならない。

ともあれ、この日から数日、江戸市中は抹香臭くなる。

参道の向こうに消えた提灯の正体は判然としない。

今にしておもえば、東照宮の拝殿に吸いこまれてしまったようだった。

もしかしたら、まぼろしだったのかもしれず、いずれにしろ、提灯とともに『別段風説書』も消えてしまった。

だが、蔵人介は、このところつづいた不可思議な出来事の核心に迫りつつある。

里中新左衛門を射止めた手口は、井桁茂之や難波屋久右衛門のときと同様だった。

あきらかに「眉間尺」の仕業である。橘に命じられた『別段風説書』探しは、おもいがけず、逃げた唐船の水夫頭を捜すという最初の密命に結びついた。

「それにしても、得物が銛であったとは」

驚きを隠せぬのは、従者の串部にほかならない。

不忍池を泳いで渡っただけで、刺客は容易く逃してしまった。

何ひとつ役に立っていないくせに、得手勝手に筋だけは描いてみせる。

「眉間尺を雇っておったのは、やはり、肥前屋藤吉なる為替両替商かもしれませぬな。難波屋殺しも井桁殺しも、肥前屋の意図したことだったのでござりましょう」

里中によれば、殺された難波屋は水野忠邦に大金を貸しつけていた。たしかに、老中首座の地位を盤石(ばんじゃく)なものとするためには、軍資金がいくらあっても足りない。水野が今の地位を得るために、何人もの豪商から大金を借りてきたのは周知のことだ。長崎奉行への推挽(すいばん)を得たい井桁が金貸しとの仲介役を買ってでたことは、あり得ないはなしではなかった。

井桁と難波屋は何故、始末されてしまったのか。

「やはり、それは肥前屋が難波屋に取ってかわりたかったからにござりましょう。ひょっとしたら肥前屋なる商人、抜け荷に手を染めているのかもしれませぬぞ。ふむ、きっとそうにちがいない。唐船から隠密裡に阿芙蓉を仕入れ、日の本じゅうにばらまこうとしておるのでござろう」

串部の考えは憶測の域を出ないが、あながち的を外してもいない。

それを証明するためにも、肥前屋に会っておかねばならなかった。

蒼天のもと、主従は小船に乗り、三十間堀川を漕ぎすすんでいた。

文月のなかばになっても、日中の残暑は辛い。

川船を仕立て、少しでも涼を取ろうと考えたのだ。

ふたりは紀伊国橋（きのくにばし）の桟橋で降り、強い日差しのしたを歩いた。

肥前屋は東海道（とうかいどう）に面している。

銀座二丁目のあたりで、大路を隔てた弓町には『研ぎ政』がある。

先月から国次を研ぎに出そうとおもっていたが、もう少し先延ばしにしたほうがよさそうだ。

肥前屋の門にも、白張りの盆提灯がぶらさがっている。

金泥の屋根看板に書かれた屋号は、丸にひの字だ。

広々とした敷居をまたぐと、帳場格子の向こうから首の長い男が睨みつけてきた。

「すまぬが、主人はおるか」

串部が尋ねると、男は首をくにゃりと横に振った。

「主人は出掛けておりますが、お約束でも」

「おぬしは番頭か」

「はい」

「ならば、別段風説書のことは聞いておろう」

一瞬、顔色が変わる。

だが、番頭はしらばっくれた。

「それは何でござりましょう」

「ここにある」

串部は打ちあわせどおり、懐中から偽の冊子を抜きだした。

「幕臣の同役から預かった。ここに持ちこめば、高く買うてくれると聞いてな」

番頭はどぎまぎしだす。『別段風説書』の価値を知っているのだ。

「ちと待たせてもらってもよいかな」

蔵人介は丁寧な口調で言い、大小を鞘ごと抜いて上がり端に腰掛ける。

「そちらは困ります。お武家さま、どうかおあがりください。客間にご案内申しあげます」

威厳のある蔵人介の物腰も、効果を発揮したのであろう。

ふたりは客間に導かれ、茶などを呑みながら半刻ほど待たされた。

しばらくして外が騒がしくなり、誰かの怒鳴り声が聞こえてくる。

「どこの馬の骨ともわからぬ者を勝手に通すなと言ったはずだ」

ぱしっと平手打ちをくれた音も響いてくる。

しんと静まった瞬間、がらりと襖障子が開かれた。

あらわれたのは、鶏がらのように痩せた背の高い男だ。

顔はよく日に焼けている。

商人というよりも、漁師のようにもみえた。

「手前が肥前屋藤吉にござります。そちらさまは」

侍など歯牙（しが）にもかけぬ、ふてぶてしい態度である。

蔵人介は顔色ひとつ変えず、口からでまかせを吐いた。

「本丸御簞笥奉行格、鈴木（すずき）一郎（いちろう）と申す。後ろに控えるのは、従者の串部六郎太だ」

本名を告げられた串部は面食らいつつも、ぺこりと軽く会釈をする。

「それで、ご用件は」

「まわりくどいはなしはせぬ。別段風説書を五百両で買わぬか」

肥前屋はぎょろ目を剝いた。

「いったい、何のおはなしでしょうな」

「惚（とぼ）けるな。おぬしが御老中水野さまのもとから盗ませた極秘の書面だ」

「盗ませたなどと聞こえが悪い。はなしを持ちこんでこられたのは、御簞笥奉行さまのほうにござります」

「白状したな。おぬし、その御簞笥奉行を亡き者にしたであろう」

「へっ、ご冗談を」

「ちがうと申すか」

「おやめくだされ。妙な言いがかりをつけるようなら、こちらにも考えがござります」

「ふふ、刺客でも送るか」

蔵人介は快調にたたみかける。

肥前屋は仏頂面で黙り、顎を撫でまわした。

こいつは商人ではないなと、蔵人介は確信する。

「よし、今日のところは帰ってやろう。折をみてまた足労いたすゆえ、金子を用意しておくのだぞ」

言いたい事だけ言い、暇を告げて店から出た。

首の長い番頭が顔をみせ、これみよがしに塩を撒く。

「どうであった、わしの悪党ぶりは」

蔵人介が水を向けると、串部はさも痛快そうに笑った。

「なかなか、堂に入っておられましたぞ」

「ふふ、そうであろう。おぬしは先に帰っておれ」

「えっ」

「十中八九、肥前屋は刺客を放ってこよう。無骨な従者がそばにおったら、刺客もやりにくかろうからな」

渋々ながらも離れていく串部の背中を、蔵人介は満足げにみおくった。

## 七

蔵人介は露店で深編笠を買いもとめた。

紀伊国橋の土手下に降り、七人乗りの乗合船に便乗する。

新橋で陸にあがり、愛宕下広小路をのんびり歩いて、右手の薬師(やくし)小路に曲がる。

さらに、どんつきを左手に折れれば、愛宕山の入り口へたどりつく。

深い考えはなく、できるだけ狙われやすい道を選んできた。

擦れちがう人や遠くに佇む人影に、それとなく注意を払う。

今のところ、怪しい人の気配はない。

もちろん、命を狙われるとはかぎらなかった。

肥前屋は偽の『別段風説書』を欲しがり、言い値の五百両を用意するかもしれないからだ。

もちろん、機密書は誰かに渡すつもりだろう。

阿漕な商人の後ろには黒幕が控えているはずだと、蔵人介は読んでいた。

そちらをさきに調べてみるべきかもしれないが、いまさら悔やんでも遅い。

深編笠の下であれこれ考えながら愛宕山に登り、露店で鬼灯を買いもとめた。

びらびら簪をつけた町娘が、焼いた玉蜀黍を横にして豪快に嚙みついている。

口のなかで「きゅっ、きゅっ」と鬼灯を鳴らしながら、崖っぷちに向かった。

眼下の海原は夕陽に染まり、臙脂色の汁を溶かしたようになる。

白波を弾いて飛翔する海猫が、魚群を追う船の帆にみえた。

ふと、暗闇に光る無数の眸子をおもいだす。

舵を無くした戎克は、白ではなく、黒い色で塗られていた。

船倉に閉じこめられた水夫たちは、ちゃんと生きているだろうか。

今は食べ物を与えられていても、水夫たちが生きつづける保証はない。

阿芙蓉の抜け荷をやったことが証明されれば、厳罰の沙汰が下されるにちがいなかった。橘にはどうすることもできない。異国から流れついた水夫たちの処分は、幕閣の重臣たちによって決められる。

おそらく、誰ひとり故国の地を踏むことはできまい。
それをおもうと、可哀相になった。
ひとりだけ逃れた水夫頭は、まだ若いにもかかわらず、みなに信頼されていた。
自分たちを助けるために、かならず戻ってくると、ほとんどの者は信じている。
その男が刺客となり、銛を投じて三人を殺めた。
何故か、できれば本人に面と向かって問うてみたい。
蔵人介は急な男坂ではなく、緩やかな女坂のほうを下りはじめた。
茂った木々の枝や葉が、左右から覆いかぶさってくる。
――くわっ。
嘴太（はしぶと）の烏が鳴いた。
と同時に、怪鳥の声が重なる。
――ひょう。
鉄の棒が風を切る音だ。
振りかえる余裕はない。
屈んだ瞬間、ばさっと編笠を持っていかれた。
銛だ。

山なりの軌跡ではない。
石段の上から投擲(とうてき)されたのだ。
一直線に空を裂き、蔵人介の頭上を襲った。
銛は眼下の土に刺さり、卒塔婆(そとば)のように揺れている。
「はや……っ」
疳高い奇声とともに、小柄な人影が飛びかかってきた。
小天狗か、猿(ましら)のようだ。
右手に斬馬刀(ざんばとう)を握り、真っ向から振りおろしてくる。
――ぶん。
刃風が耳を舐めた。
蔵人介は寸毫(すんごう)の間合いで躱し、国次を鞘走(さやばし)らせる。
「ふん」
下から強烈に弾くや、斬馬刀は旋回しながら脇の藪へ飛んでいった。
あまりの衝撃に、刺客は石段に尻餅をつく。
蔵人介は踏みこみ、相手の喉首に白刃をあてがった。
だが、喉を裂こうとはしない。

すでに、相手は戦意を失っている。

なるほど、眉と眉が異様に離れていた。

「眉間尺か」

悪相ではない。

むしろ、親しみやすい顔だ。

まだ幼さも残っていて、息子の鐵太郎をおもいださせた。

この若さで水夫頭をつとめ、二十人からの水夫を束ねてきたのだとおもえば、生かしてやりたくなってくる。

たとい、阿芙蓉の抜け荷に手を染め、人殺しを請けおっているのだとしても、そうせざるを得なかった事情を問うてみたくなった。

いずれにしろ、よほど数奇な運命をたどってきたにちがいない。

蔵人介は、すっと白刃を引っこめた。

何も言わずに納刀すると、若者は戸惑ってみせる。

「仲間が待っておるぞ」

慈しむように喋りかけると、気持ちが通じたのか、眸子を潤ませた。

やはり、悪い人間ではない。

相手もそうおもったのか、何か尋ねたそうにする。

蔵人介はうなずき、こたえてやった。

「わしの名は矢背蔵人介だ」

「……や、矢背……く、蔵人介」

「さよう、おぬしの名は」

「……り、柳舜(りゅうしゅん)」

「さようか、よう名乗ってくれたな。いっしょに来るか」

誘ってやると、惚(ほう)けたような表情をする。

蔵人介は屈みこみ、手を握って引きおこした。

「気が向いたら、市ヶ谷の御納戸町を訪ねてこい」

柳舜と名乗る若者は我に返り、石段を後退りしはじめる。

そして、振りかえって石段を駆けおり、風のように走り去った。

何故、刺客の命を助けたのか。

自分でも明確な説明はできない。

柳舜は三人の人物を殺めている。

放ってはいけない人殺しなのだ。

それでも、助けたくなった。

何故、抜け荷に手を染めたのか。

何故、悪党どもの片棒を担ぐのか。

やはり、その理由を聞かぬうちは死なせるわけにはいかない。

「かならず、訪ねてくるのだぞ」

祈るような気持ちでつぶやき、蔵人介は石段を下りはじめた。

## 八

盆の内、表通りには切子(きりこ)灯籠が賑やかに飾られ、振袖姿の町娘たちが踊りながら町中を練りあるく。幼い童女たちも横一列に並んで手を繋ぎ、大きな声で盆唄を唄いながらつづいていった。

「ぼんぼんの十六日にお閻魔さまへまいろとしたら、数珠の緒が切れて鼻緒が切れて、なむしゃか如来手でおがむ……」

武家では生身魂(いきみたま)と呼ぶ習慣があり、刺鯖(さしさば)をつくって老人の長寿を祝う。鯖を背開きにしてひと塩にし、二枚重ねて串刺しにする。それが刺鯖であった。

矢背家でも志乃の長寿を祝い、刺鯖と蓮飯を膳に載せた。
箸は当主の蔵人介みずから誂えた。
魂棚に供える禊萩の茎でつくるのだ。
夕餉のあいだも終わってからも、蔵人介の顔色は冴えない。
辛気臭いのは、盆のせいばかりでもなかった。
愛宕山から戻ってからも、自問自答を繰りかえしているのだ。
何故、刺客に恩を売ったのか。
以前の自分なら、躊躇いもせずに斬っていたはずだ。
刺客に情を移すことなど、万にひとつもなかった。
真夜中、ひとり書斎に籠もっていると、廊下に人の気配が立った。
「よろしいか」
志乃だ。
戸を開き、幽霊のように滑りこんでくる。
「芙蓉の花が咲きましたなあ。夜風が涼しゅうございますよ」
「はあ」
戸を開けたままにしていると、有明行燈に羽虫が迷いこんでくる。

月明かりに蒼々と照らされた庭は、昼間とは別の表情をみせていた。

芙蓉の花は萎んでいる。

朝に咲き、夕には萎む一日花なのだ。

「仲秋になれば、ぽんと音を起てて実を放つ。ほんにおもしろい花じゃが、哀れと言えば哀れよのう」

「どうか、なされましたか」

「ふむ、串部に聞きましたぞえ。眉間尺なる唐人をお捜しとか」

蔵人介は、あからさまに顔をしかめた。

串部が密命のことを喋ったと疑ったのだ。

が、どうやら、肝心なことについては口を閉ざしていたらしい。

「お知りあいの方が唐人の水夫たちを匿っておるそうじゃの。情けは人のためならずとも言うし、人助けはしておくものじゃ。たとい、厄介事に巻きこまれようともな」

「はあ」

「ところで、眉間尺と聞いて、何やら縁を感じたのじゃ」

志乃は膝を躙りよせ、背中に隠しもっていた絵馬を取りだす。

絵馬といっても大きく、箱膳をふたつ並べたくらいはあった。

「おもしろい絵であろう」

「はあ」

覗きこんだ途端、おもわず目を吸いよせられた。

唐人の衣裳を纏った夫婦とおぼしき男女が、寒そうな部屋のなかで対座している。男女のあいだには火のついた燭台が立っており、髭をたくわえた男は立派な拵えの刀剣をひと振り抜いたところだ。

人物や調度の描き方が、浮世絵などとはまったくちがう。奥行きや陰影が感じられる技法は、寛政年間に一時だけ流行した秋田蘭画にまちがいなかろう。

「先日、古道具屋でみつけてな、蜘蛛の巣が張っておったゆえ、只も同然で譲ってもらったのじゃ」

秋田藩の御用絵師だった田代忠国の描いた絵馬らしい。忠国の諱は「国綱」と言い、じつは矢背家に代々伝わる薙刀の銘と同じだった。そのことにも、志乃は強い縁を感じているようだった。

「どこぞの神社に奉納されておったものが売られ、めぐりめぐって古道具屋の片隅で眠っておったのじゃ」

絵の価値を知る者にみつけてもらって、さぞや本望であろうと、志乃は自画自賛してみせる。

蔵人介は、皮肉交じりに切りかえした。

「養母上は絵の価値をご存じだと仰るので」

「まあ、聞くがよい。この絵の題名が『眉間尺』と申すのさ」

「えっ」

「唐土の故事にある」

刀鍛冶の干将という者が楚王に命じられ、三年がかりでふた振りの剣をつくった。ひと振りは献上したものの、遅いという理由で干将は殺されてしまった。ところが、あらかじめ死を予測し、妻の莫耶に遺言を託していたという。

「もうひと振りの剣は、松の木の下に埋めたと告げたのじゃ」

身籠もっていた莫耶は、やがて、赤という子を産んだ。

赤は左右の眉が異様に離れていた。

「それゆえに『眉間尺』と綽名されたのじゃ」

成人した赤は父の遺言にしたがい、松の木の下から剣を掘りだす。そして、理不尽な死を遂げた父の敵討ちを誓ったが、同じころ、楚王は眉間が一尺もある男に殺される夢をみて恐れ、赤にとんでもない額の懸賞金を懸けた。

「人の心は金で動く。楚王の思惑どおり、国じゅうの刺客どもが賞金目当てに集まり、血眼になって赤を捜しはじめたのじゃ」

進退窮まった赤が山中に隠れていると、見知らぬ旅人があらわれた。おまえの首を携えて王のもとへ向かい、望みをかなえてやろうと言われたので、赤は旅人を信じ、みずから首を斬って差しだした。

旅人は約束どおり、赤の首を携えて楚王のもとへおもむいた。

「勇者の首ゆえに、熱湯で煮溶かさねばならぬと、旅人は説いたのじゃ」

楚王はこれにしたがった。ところが、三日三晩煮ても赤の首は溶けず、煮えたぎった大釜のなかから王を睨みつけてくる。旅人は不安がる王をふたたび説き、大釜に首を差しだして覗けば溶けるだろうと言った。

「王は素直にしたがった。旅人はこれを好機とばかりに、干将のつくった宝剣で王の首を刎ね、みずからの首をも刎ねたという。ふたつの首が煮えたぎる大釜のなかに落ち、赤の首とともに組んず解れつしながら、やがて、三つとも煮溶けていったのじゃと」

これは宝剣伝説でもあり、楚王の首を斬った宝剣の切っ先は、そののち、秦（しん）の始皇帝の暗殺をもくろむ刺客の手に渡ったともいわれている。

「ほほう、知りませなんだ」

「唐人ならば赤子でも知っている逸話じゃ。刀鍛冶の息子が身を犠牲にして、帝の首を獲る。『眉間尺』は、残虐非道な為政者（いせいしゃ）への復讐譚（たん）にほかならぬ。何とも不吉な逸話ゆえ、おぬしに教えておかねばとおもうてな」

「かたじけのうござります」

「悪い夢をみるでないぞ」

志乃は絵馬を残し、跫音（あしおと）も起てずにいなくなった。

九

文月十七日。

みずからの首が宙に飛ぶ夢をみた。

汗だくになって目覚めてみると、すでに、幸恵は起きている。

部屋の外から滑るように足を運び、他人行儀な様子で傅（かしず）いた。

「楽太郎という権兵衛名のおなごが訪ねてまいりました」

東の空が明け初めたばかりで、庭には靄が立ちこめている。

ちゅんちゅんと、雀が鳴いていた。

「楽太郎だと、知らぬなあ」

「柳橋のお芸者だそうですよ」

「そう言われても、知らぬものは知らぬ」

意固地になって言いはれれば、幸恵の疑念は増すだけだ。

蔵人介は着物を脱いでからだを拭き、中庭に面した濡れ縁へ向かった。

薄紅色の酔芙蓉を背にしつつ、楽太郎という女は佇んでいた。

蔵人介が濡れ縁に座ると、幸恵も端のほうに控える。

女は靄を漕ぐように近づき、芸者らしからぬ天神髷に結った頭をぺこりと下げた。

年は三十路前後、艶めいた印象の女だが、目にしたことはない。

「矢背蔵人介さまでござんすか」

鉄火肌の口調にも面食らったが、つぎに発せられたことばで、おおよその事情は理解できた。

「柳舜って子を助けていただきたいんです」

「おぬし、柳舜を知っておるのか」

「浅草の裏長屋で匿っているのでござんす。情にほだされましてね、悪党のもとから逃がしてあげたんですよ」

「何故、おぬしが」

「じつはわたし、濡れ袖のおらくと申しましてね、表向きは芸者なんぞに化けておりますが、巾着切を生業にしているのでござんすよ。知りあいの小悪党に騙されて、柳橋の『百万石』っていう料亭からお金持ちの商人を連れだしたんです」

おもいだした。楽太郎ことおらくは、為替両替商の難波屋久右衛門を料亭の外へ誘いだした女だ。

「あのどすけべな河豚野郎、まさか、殺されちまうだなんて、おもいもしませんでしたよ。だから、逃げたんです。お金を貰いにいけば殺されると、そうおもいましてね」

不吉な予感は見事に当たり、翌朝、知りあいの小悪党は屍骸になって本所の百本杭に浮かんだという。

「ただし、胸に穴は開いておりませんでしたよ」

袈裟懸けの一刀で、ばっさり斬られていた。

いつのまにか、幸恵の気配は消えている。

蔵人介は膝を躙りよせ、肝心の問いを口にした。

「おぬし、難波屋を殺めたのが誰か知っておるのか」

「柳舜でござんしょう。助けてからわかったんです。それを知ったときは、逃げだそうとおもいましたよ。でも、あの子は泣きながら言ったんです。悪いやつらに命じられ、仕方なくやったんだって。わたし、信じてあげたくなったんです。ことばは通じなくても、わたしにはあの子の気持ちがわかるんですよ」

三日前の晩、盂蘭盆会の白張提灯がぶらさがる長屋の軒下で、柳舜は震えながら膝を抱えていたという。

「眉間の広い顔があんまり可笑しかったんで、ぷって吹きだしちまったんです。そうしたら、あの子もにっこり笑ってくれて」

笑った顔はとても悪人にはみえなかった。だから、家に連れていったのだと、おらくは懸命に主張する。

「ご飯を食べさせて、どうしてわたしのことを知っているのか、どうしてわたしなんぞを訪ねてきたのか、どこで生まれてどんなふうに育ったのか、二日がかりで何もかも聞いたんですよ」

柳舜は両親の顔を知らない。広州にある小さな湊町の片隅に捨てられていた。物心がついたときは物乞いで飢えをしのぎ、盗みも繰りかえしていたという。からだが大きくなってからは荷役夫をやり、やがて、戎克（ジャンク）の水夫になった。腕っぷしと度胸の強さをみとめられて水夫頭になってからは、清国の悪徳商人に指示されて阿芙蓉の抜け荷をやりはじめた。

「わたしも親に間引きされそうになったから、あの子の気持ちはわかるんです。悪い道に進んじまったのは、あの子のせいじゃない。運命に見放されただけなんだって、そうおもったから、助けてあげたくなったんです」

わからぬではない。いや、同じような境遇に生まれた蔵人介にはよくわかる。薩摩と肥後（ひご）の国境にある貧しい村で生まれたのだ。もはや、遠い記憶の片隅にしかないのだが、厳しい年貢米の徴収に耐えきれなくなった村人がことごとく逃げてしまった村に、たったひとり残されていた。

運良く、育ての親となる叶孫兵衛（かのうまごべえ）に拾われたのだ。御家人（ごけにん）の孫兵衛は拾った幼子の資質を見抜き、毒味役の矢背家へ養子に出した。そのおかげで、今の蔵人介がある。御天守番（おてんしゅばん）を全うした孫兵衛は神楽坂で料亭の亭主におさまったが、過去の因縁に関わったせいで命を落としてしまった。

みずからの不幸な生いたちを、柳舜に重ねたのかもしれない。

それゆえ、助けた。

「柳舜はわたしのことを、雪蘭って呼びました。おっかさんの名だそうです。みたこともないのに、どうして名を知っているのか。尋ねてみると、あの子は言いました。幼いころ、親切にしてくれた女の人がいた。名さえあれば、おっかさんのことをおもうことができる。だから、勝手にその人の名をつけたんだって。わたし、そのはなしを聞いたら、たまんなくなっちまって……」

おらくは涙声になり、それでも立ちなおって喋りつづけた。

「……柳舜は言いました。旦那を殺すように命じられたって。旦那を殺せば、大きな船を一艘与えてもらえる。日本の役人に捕まった水夫の仲間たちともども、海を渡って広州へ戻ることができる。そう約束してもらったから、仕方なくやるんだって。でも、失敗った。死を覚悟したとき、何故か、旦那は助けてくれた。しかも、優しいことばまで掛けてくれた」

蔵人介の言った「市ヶ谷の御納戸町を訪ねてこい」ということばを信じ、柳舜はおらくに「矢背蔵人介」の名を伝えたのだ。

「地獄で仏をみたようなおもいだったにちがいありません」

仏はおぬしだと、蔵人介は言いたかった。

おらくも柳舜も、直感で人の善悪を嗅ぎわけている。

「あの子、旦那とわたし以外に頼る相手がいないんです」

「それで、わしに何を頼みたい」

敢えて冷たく突きはなすと、おらくは上目遣いにみつめてきた。

「本人からお聞きくださいな」

そう言って、後ろを振りむく。

ぎっと、垣根の簀戸が開いた。

眉間の離れた若者が、怖ず怖ずとはいってくる。

「柳舜か」

蔵人介は少しも動揺せず、近くに来るように手招きしてみせた。

本来であれば捕縛し、伝右衛門に引きわたすべきかもしれない。

通詞を介して尋問し、肥前屋藤吉の裏の顔を暴くのだ。そして、肥前屋の背後に横たわる悪事の全容を解明しなければならぬ。

だが、意気込む必要もなかろう。

柳舜の顔をみれば、容易にわかる。

みずからの関わった悪事を、洗いざらい喋るつもりなのだ。

「ただ、ひとつだけ条件がある」

と、柳舜は身振り手振りで訴えた。

御船蔵の水夫仲間を解きはなち、自分もいっしょに故国へ逃がしてほしい。そのために船を一艘与えてもらえまいかと、必死に訴えたのだ。

「旦那、どうにかお願いできませんか」

おらくもいっしょに頭を下げる。

難しい条件だ。

たとい、悪党ではないとしても、柳舜はこの国で人を殺めている。

しかも、仲間たちとともに、阿芙蓉の抜け荷に手を染めていた。

幕府としては厳罰をもって処さねば、沽券が地に墜ちてしまう。

おそらく、橘はそう断じるであろう。

責め苦を与えてでも悪事の全容を聞きだし、仕舞いには抜け荷に関わった者すべてを断罪する。

そうした筋書きは目にみえていた。

もちろん、助けてやりたい気持ちはある。

だからこそ、家を訪ねてこいと告げたのだ。

が、いざとなると、迷う。

助けるべきかどうかの判断がつかなかった。

幼さの残る柳舜の顔をみつめ、蔵人介は唾を呑みこんだ。

と、そこへ、とびきり明るい声が響いた。

「これはこれは、ようこそおいでなされた」

濡れ縁の片隅で、志乃が叫んだ。

足早に近づくや、両手を広げてみせた。

「ほうほう、そなたが眉間尺かえ。腹が空いておろう、膳を支度したゆえ、食べておいき」

柳舜とおらくはともどもに腕を取られ、濡れ縁の奥へ導かれた。

幸恵が阿吽(あうん)の呼吸で女中たちを差配し、箱膳を運んでくる。

海苔(のり)に佃煮に瓜の酢漬けといった簡素な菜だが、湯気の立った白飯に業平橋(なりひらばし)で今朝採ってきた蜆(しじみ)の味噌汁もついていた。

蔵人介が上座に陣取り、ふたりの客は左右に座らせられる。

気づいてみれば家の者全員が集まり、朝餉の膳を囲んでいた。

「さあ、遠慮のう食べなされ」

志乃の合図でみなは箸と茶碗を持った。

遠慮がちにしていた柳舜も、味噌汁の馥郁（ふくいく）とした香りには抗しきれず、ずるっとひと口啜った。

驚いた顔になる。

「ほほ、美味しいか」

志乃の問いにうなずき、柳舜はご飯をかっこんだ。

「おうおう、飢餓海峡を渡ってきたようじゃわい」

志乃の台詞に、一同は笑った。

柳舜は感極まり、嗚咽（おえつ）を漏らしはじめる。

泣きながら白飯をかっこみ、それをみたおらくも泣きだす。

しんみりとしたなかにも、和気藹々（わきあいあい）とした温かみがあった。

もちろん、情を移せば、助けるかどうかの判断は鈍る。

志乃に感謝すべきかどうか、蔵人介は迷った。

柳舜のはなしで肥前屋の悪行ぶりはよくわかった。

阿芙蓉の抜け荷でぼろ儲けし、ほんの数年で大名貸しができるほどの金貸しにのしあがったのだ。

十

金貸しのまえに何をやっていたのかは判然としない。

黒幕がいるのかどうかも、明らかにはされなかった。

柳舜は広州で戎克（ジャンク）に阿芙蓉を積み、仲介役の唐商人から買い手と落ちあう地点の示された海図を貰っていた。広州の船乗りは例外なく抜け荷に関わっており、清国の帝が阿芙蓉を禁じたあとも、その勢いは衰えることを知らぬという。

鯨に衝突しなければ今ごろは広州へ戻っていたのにと、柳舜は不運を嘆いた。仲間を置いて逃げたのではなく、かならず迎えにくると約束したとも告げた。日本人で唯一素姓を知る肥前屋を頼ったのは、広州へ戻るための新たな船を手に入れるためであった。

ところが、船を調達するにあたって、過酷な条件を突きつけられた。

人殺しである。

肥前屋は仲介役の唐商人から「眉間尺は銛打ちの名人」と聞いていたのだ。

柳舜はかつて、鯨獲りで生計を立てていた。「広州屈指の銛打ち」などと持ちあげられ、天狗になっていた時期もあったという。

「仲間を助けて広州へ戻りたい」

柳舜の願いをかなえてやれるかどうかは、二日経った今も判断しかねている。

ともあれ、蔵人介は串部と肥前屋を見張ることにした。

怪しい動きがみられたのは、みなの寝静まった夜遅くのことだ。

肥前屋は宿駕籠ではなく徒歩で三十間堀川に向かうと、紀伊国橋の桟橋から小船に乗った。

空には寝待月（ねまちづき）があり、川面を怪しく照らしている。

蔵人介たちは急いで先廻りし、真福寺橋（しんぷくじばし）の橋下で小船を拾った。

さいわい、ほかに航行する船影もなく、見逃す恐れはなかった。

肥前屋を乗せた小船は真福寺橋を潜って京橋川（きょうばしがわ）を右手に折れ、鉄炮洲（てっぽうず）稲荷までまっすぐに進んでいった。

「あの船を追ってくれ」

老いた船頭はしきりに欠伸を嚙みころしていたが、串部が渡し賃を弾むと張りきって棹を挿しはじめた。

二艘の船は鉄炮洲稲荷から江戸湾へ漕ぎだし、石川島の北方を横切っていく。

川と海の入りまじった水域なので魚は豊富だが、河口だけに流れは速い。

しかも、濃い墨を流したように暗い。

船頭は何度も、棹を持っていかれそうになった。

そのたびに串部は悲鳴をあげ、蔵人介にたしなめられる。

ようやく、対岸の灯りがみえてきた。

「深川だ」

串部が嬉々として叫ぶ。

幕初のころは、南端に小さな島が点在していた。

石や土を埋めて島と島を繋ぎ、今では広大な埋立地になっている。

埋立地の大半は、大名衆の蔵屋敷だった。

木場から向こうの芒が生い茂る土手は洲崎と名付けられ、弁財天を祀る洲崎弁財天社まで細長くつづいている。

肥前屋の乗る小船は町屋と埋立地を分かつ堀川を進み、黒船橋の手前で桟橋に向かった。

蔵人介たちの小船も、少し手前の暗がりで船首を川縁に寄せる。

どうにか、陸へあがった。

このあたりは、石場(いしば)と呼ぶ深川七場所のひとつだ。

蔵屋敷と石置場に挟まれた暗がりには、安価な女郎屋が数軒だけ集まっていた。

肥前屋はみずから提灯を持ち、たったひとりで蔵屋敷のひとつへ向かう。

驚いたことに、築地塀(ついじべい)の軒瓦には三つ葉葵(あおい)の家紋が見受けられた。

同じ葵紋でも宗家のものではない。

葉脈の数から推すと、尾張家の葵紋にまちがいなかろう。

蔵人介と串部は、物陰に潜んで様子を窺った。

真夜中にもかかわらず、六尺棒を持った厳(いか)めしげな門番がひとり立っている。

肥前屋は門番に軽く会釈をし、誰何(すいか)もされずに脇の潜り戸を通りぬけていった。

「何かありますな」

串部が囁きかけてくる。

どぶ川に渡された木橋を外し、築地塀の軒に立てかけてよじ登った。

苦労して屋敷内へ忍びこむと、遠くにかぼそい提灯の灯りがみえた。

細長い隧道のような道をしばらく進めば、波の音が聞こえてくる。
「石置場の下を掘ったのか」
隧道を抜けていくと、内海へ達することができるのだ。
蔵屋敷を通らねば到達できぬ死角と言ってもよかった。
ふたりは隧道を抜けた。
月明かりに波頭が白く閃いている。
砂浜には桟橋が築かれ、荷船が何艘も横たわっていた。
肥前屋は桟橋の先端に立ち、荷船から降ろされた樽の中身を調べている。
「阿芙蓉でしょうか」
まちがいあるまい。
外海で唐船から仕入れた阿芙蓉を集積する場所なのだ。
「殿、あれを」
頭巾をかぶった侍が従者らしき大兵を連れ、肥前屋のそばに近づいていく。
黒幕かもしれないと、直感がはたらいた。
肥前屋の指図で、樽は大八車に積まれていく。
隧道を戻り、尾張家の蔵屋敷へ運びこまれるのだろう。

よもや、公儀に調べられることはあるまい。

阿芙蓉の隠し場所としては最適なところだ。

まちがいなく、尾張藩の内にも悪事に加担する重臣がいる。

「また尾張か」

死んだ鎮目健志郎のことをおもいだし、心が痛んだ。

甲賀五人之者を率いる犬丸大膳は、尾張家の内紛につけ込んで何らかの悪事をなそうとしていたのだ。

いったい、どこまで根が深いのか。

わからぬ。

蔵人介は溜息を吐き、暗い隧道を戻った。

蔵屋敷の外へ逃れて物陰で待ちつづけると、しばらくして、肥前屋と頭巾侍がやってくる。

権門駕籠が一挺、門前に滑りこんできた。

偉そうな頭巾侍は駕籠に乗り、肥前屋は門前で見送る。

蔵人介たちは物陰を離れ、気づかれぬように権門駕籠を追いかけた。

頭巾侍の正体を突きとめねばなるまい。

駕籠は黒船橋を渡って、三十三間堂へ向かった。

永居橋を渡り、そのさきの仙台堀に架かる亀久橋も渡る。

右手に折れて堀川沿いに進み、久永町のさきで左手に折れた。

右手に流れる横川を眺めつつ、島崎町、扇橋町、清住町代地、海辺大工町とたどり、交差する小名木川に架かった新高橋を渡る。すぐさま、鉤の手に架かる猿江橋を渡り、しばらく進んで横十間川に架かる大島橋を渡った。

橋が多すぎて、混乱してくる。

堀川が縦横に走る深川は、駕籠よりも小船を使うほうがほんとうは賢い。

駕籠に随行する従者は、大兵がひとりだけだ。

先棒と後棒は、鳴きも入れずに先を急ぐ。

真っ暗な周囲には、田畑が広がっていた。

耳を澄ませば、虫の鳴き声が聞こえてくる。

もはや、月明かりだけが頼りだった。

おそらく、このあたりは亀戸か中之郷であろう。

左手に鬱蒼と茂る杜は、五百羅漢と栄螺堂で知られる羅漢寺であろうか。

駕籠は羅漢寺の裏手から田圃の一本道を進み、雑木林のなかへ消えていった。

蔵人介は串部と顔を見合わせて、不思議そうに首をかしげる。

周囲には武家屋敷はもちろん、百姓の家もない。

――ひい、ひょう。

不気味な鳴き声の主は、虎鶫(とらつぐみ)であろうか。

鵺(ぬえ)の異名もあり、鳴き声は不吉の兆しともいう。

暗い雑木林のなかを進むと、奥のほうに明々(あかあか)と燃える篝火(かがりび)がみえた。

佇んでいるのは、荒れ寺のようだ。

主人のいない空の権門駕籠が、飛ぶように引っ返してくる。

蔵人介と串部は駕籠をやり過ごし、参道の奥へと進んでいった。

何やら、淫靡(いんび)な雰囲気が漂っている。

どうやら、朽ちた毘沙門(びしゃもん)堂のようだ。

観音(かんのん)扉を開けると、伽藍(がらん)には白い煙が充満している。

「うっぷ」

串部は袖で鼻と口を覆った。

いたるところに有明行燈が立てられ、敷物のうえに女たちが半裸で寝そべっている。

ざっと眺めたところ、ふくよかな者はいない。

なかには、骨と皮だけになった者もいる。

みな、眸子をとろんとさせ、尺八のような煙管を喫っていた。

膏にした阿芙蓉を煙管の内に擦りつけ、喫っているのである。

「阿片窟でござりますな」

串部の言うとおり、女たちは毒の煙に身を蝕まれていた。

――ぎゃあああ。

突如、裏手で女の悲鳴があがる。

急いで向かってみると、駕籠脇に随行していた従者が長い刀を掲げ、裸で逃げる女たちを追いかけていた。

「ひゃっ」

追いつくやいなや、容赦なく刀を振りおろす。

――ずばっ。

女たちは血飛沫をあげ、つぎつぎに倒れていった。

頭巾侍は古井戸のそばに立ち、その様子を嗤いながら眺めている。

ひとりの女が、頭巾侍に近づいていった。

「……お、お助けください」

命乞いする女を蹴飛ばし、腰の刀を抜きはなつ。

見事な手際で、一刀のもとにしてみせた。

女たちはすべて斬られ、草叢に捨ておかれる。

「ぬう」

暗がりから踏みだそうとする串部を、蔵人介は押しとどめた。

今は我慢だ。

頭巾侍の正体を見極めねばならない。

怒りに身を震わせつつも、どうにか冷静さを保ちつづけた。

## 十一

串部の調べで、頭巾侍の正体がわかった。

「元長崎奉行、大八木内匠（おおやぎたくみ）でござる」

すでに隠居して久しいものの、長崎奉行のころに貯えた財産は一生掛かっても食いつぶせぬほどで、五年ほどまえまでは吉原の遊郭でも札差（ふださし）と並ぶ大通人（だいつうじん）として名が通っていた。

今は庵崎の草庵に住み、世間から忘れさられているという。

従者らしき大男は室田佐五郎といい、巌流の遣い手らしい。

手にした大太刀は四尺に近い。

「本人は備前長船だと吹聴しておるとか」

「長船と申せば、名刀だな」

「巌流の秘技は一心一刀、地べたに斬りさげたかとおもえば、すっくと伸びあがって薙ぎあげる。燕をも両断するという剛毅な技にござります」

串部はやる気になっている。

だが、蔵人介は大八木主従を成敗するまえに、悪事の全容を暴かねばならぬと考えていた。

二日後、二十一日。

駿河台の橘邸におもむいて事の経緯をはなすと、橘より阿芙蓉の抜け荷を確認したうえで大八木内匠を成敗せよとの命が下された。

逆しまに、蔵人介は要求をひとつ口にした。

御船蔵で預かっている唐人の水夫たちを解きはなち、船を与えて国外へ追放にすべきだと訴えたのだ。

「おぬしは何様じゃ。役高四千石の御小姓組番頭に指図いたすのか」

言下に拒まれ、凄まじい剣幕で叱責された。

御納戸町の屋敷に戻れば、柳舜とおらくが良い返事を待っていた。

何も言えずにいると、志乃が「船の調達ならば任せよ」と胸を叩いた。

柳舜の願いをかなえるべく、志乃なりに策を講じていたらしい。

「今夜じゅうに、御船蔵の仲間たちを脱出させよ」

「無理を仰る。さような所業がばれたら、家は改易になりますぞ」

「ばれねばよい。それだけのはなしではないか」

あっけらかんと言われ、蔵人介は強く拒むことができない。

橘はまだ処分を決していないものの、放っておけば断罪されかねない連中である。

柳舜にいたっては悪党に加担して人を殺めているだけに、通常で考えれば極刑は免れなかった。

できることなら助けてやりたいが、事ここにおよんでも決断はつかない。

「窮鳥懐に入れば猟師も殺さず。眉間尺の異名を持つ稀なる者を見捨てれば、かならずや、わが家に不幸が舞いこむであろう」

仕舞いには、なかば脅されるように諭され、志乃の策に乗るしかないと、腹を決めたのだ。

偶さか京洛から、猿彦も訪れていた。

八瀬衆のひとりで、志乃と血の繋がりもある。

志乃を救うために失った右腕には、義手が嵌めこまれていた。

巨軀を持てあます猿彦も手伝おうと申しでてくれたので、串部と卯三郎までともなって家を出る。

もちろん、柳舜も連れていく。

五人は夜陰に乗じ、永代橋西詰めの御船蔵へ向かった。

「要は、船奉行配下の河童どもを、どうにかいたせばよいのでござろう」

猿彦は暇を持てあましていたのか、いかにも楽しげだ。

柳舜の顔を覗きこみ、不躾にもけらけら笑ってみせる。

「それにしても、おもしろい顔じゃな。世の中は広い。生きておれば、おもしろいものに出会うことができる」

自分も奇異な風貌をしているせいか、猿彦には遠慮がない。

からかわれた柳舜はしかし、嫌悪を抱くどころか、親しみを感じたようだった。

「蔵人介どの、こやつ、根は悪い男ではござらぬ。好きで人を殺めたわけでもござるまい。助けるべき者かどうか、志乃さまは直感でわかるのじゃ。なるほど、そこもとは幕臣じゃが、何から何までお上に義理立てせずともよい。いつまでもご自身を責めるのはおやめなされ」

亥ノ刻となり、町木戸がばたばた閉じていった。

御船蔵へたどりつくと、猿彦は地べたを蹴りつけ、三間近くはある海鼠塀を乗りこえてみせた。

「人間離れしている」

卯三郎は呆気にとられている。

「さあ、急げ」

塀の上から下ろされた縄梯子を、ひとりずつ上っていった。

「ほれ、あそこに役人たちの乗る鯨船がある。串部どの、すまぬが二艘ばかり拝借しといてくれ」

「合点承知之助でござる」

猿彦に指図され、串部は楽しげに離れていく。

ほかの四人は一番奥の船蔵へ向かったが、ここでも猿彦が力を発揮した。

頑丈そうな扉を蹴破るや、番小屋に詰めていた「河童」どもを手刀の一撃で昏倒(こんとう)させてみせたのだ。

「蔵人介どのの手をわずらわせるまでもござらぬ」

猿彦の鮮やかな手並みに、柳舜は感嘆の声を漏らす。

「おぬしは早く行け。船倉の連中を、ひとり残らず連れてこい」

柳舜はしっかりうなずき、戎克(ジャンク)に飛びうつる。

そのあいだに、猿彦は卯三郎を連れ、ほかにも見張りの役人がいないか調べに出向いた。

蔵人介はひとり、桟橋に佇んで待った。

しばらくすると、痩せた水夫たちがぞろぞろ甲板へ這いあがってくる。

なかには歩けぬ者もおり、柳舜が背負って鉄梯子を上ってきた。

水夫たちは蔵人介のすがたをみつけ、脅えながら何か喚きだす。

それを柳舜が宥(なだ)めた。

水夫頭は自分たちを見捨てず、助けにきてくれた。

それがわかっているので、みな、素直にしたがった。

蔵人介も手伝って、水夫たちを船から桟橋へ降ろす。

そこへ、串部がやってきた。

「さあ、鯨船へ乗るのだ。ほら、急げ」

水夫たちは急かされ、転びそうになる。

蔵人介はふらつく水夫をひとり背負い、船蔵から外へ逃れた。

別の船蔵では、猿彦と卯三郎が各々、二艘の船上で待っている。

手招きして水夫たちを呼びよせ、ひとりずつ鯨船に乗せてやった。

本来は十人乗りなので、全員乗ると重みで船体が沈む。

それでも、纜を解いて大川へ漕ぎだすと、船は快調に川面を滑りはじめた。

乗っているのは水夫たちなので、もちろん、船の扱いには慣れている。

二艘の鯨船は水面に浮かぶ月を先導役に立て、海岸に近いところを進んでいった。

左手に石川島の島影を遠望しながら河口へ飛びだし、築地のほうへ船首を向ける。

浜御殿のそばを通過し、芝口に並ぶ大名の蔵屋敷も通りすぎた。

海原は凪いでおり、転覆の恐れはない。

二艘は縄手に沿って順調に漕ぎすすみ、品川洲崎の入り江に向かっていった。

入り江には、漁船が何艘も繋がれている。

腕のように突きだした桟橋には、篝火が焚かれていた。

「あそこだ」

蔵人介たちは、篝火に船首を向けた。

桟橋では、人影が並んで待っていた。

そのなかには、志乃と幸恵のすがたもある。

そして、みおぼえのある漁師の父子が手を振っていた。

鯨肉を馳走してくれた網元の寿父子にほかならない。

篝火をみつけるまでは半信半疑だったが、志乃は柳舜のために父子を説得し、洲崎の漁村で一番大きな漁船を譲ってもらったのだ。

もちろん、只では無く、柳舜たちが抜け荷で儲けた金を支払う。

十分な対価にはなるだろう。

だが、報酬などよりも、漁師たちは困っている異国の水夫たちを救うべく、俠気(おとこぎ)を発揮してくれた。公儀にみつかれば罰せられることがわかっているにもかかわらず、志乃の願いを聞きいれてくれたのだ。

柳舜も水夫たちも、漁師たちの気持ちが痛いほどにわかった。

涙を流す者もおり、海の男たちはつかのまの友情で結ばれた。

水夫たちは漁船に乗りうつり、寿父子に操舵の手解(てほど)きを受けている。

みな、生気を吹きかえしたようだった。

栈橋にはもうひとり、柳舜を見送りにきた者がいる。

濡れ袖のおらくであった。

身を捨てる覚悟で異国の若者を助けた。

おらくの手助けがなければ、柳舜たちはここにいない。

もちろん、生きていられたかどうかもわからない。

「あなたは命の恩人です」

柳舜は身振り手振りで感謝の気持ちを伝え、おらくを抱きしめた。

「早くお行き。かならず生きて故郷へ帰るんだよ」

姉が弟の旅立ちに立ちあっているかのようだった。

人と人との繋がりは、つきあった時の長さだけではない。

短くとも濃い時をともにすれば、離れがたい気持ちを分かちあえる。

「さあ、夜が明ける前に出航しろ」

寿が皺顔で叫んだ。

柳舜は志乃に礼を言い、蔵人介にも深々とお辞儀をした。

「あなたは命を助けてくれた。生涯、このご恩は忘れません」

どこでおぼえたのか、たどたどしい日本語で礼を述べ、柳舜は漁船へ上っていった。

脳裡に浮かべたのは、大坂へ行った鐵太郎のことだ。

旅立ちの日、権太坂(ごんたざか)をひとりで下っていく後ろ姿をおもいだした。

やがて、水夫たちを乗せた漁船は桟橋を離れ、暗い海原へ漕ぎだしていった。

月明かりを浴びた帆を眺めながら、蔵人介はこれでよかったのだと自分に言いきかせた。

そのとき、背後に殺気を感じた。

振りむけば、公人朝夕人の伝右衛門が立っている。

「ひとつも利にならぬことをやられましたな」

ぼそりとつぶやき、口(くち)の端(は)を吊って笑う。

「矢背さまらしいと申せばそれまで。今宵のことは、橘さまにも黙っておきましょう」

意外にも粋な配慮をしてみせる伝右衛門の顔を、蔵人介はまじまじとみつめた。

十二

翌朝早く、寿父子が家にあらわれ、耳を疑うようなことを告げた。

「船が焼かれた」

朝未き、品川沖から漁に出たところ、磯子(いそご)沖の海上で赤々と燃えている漁船をみつけたという。

近づこうとおもったが、できなかった。

周囲に怪しげな船が何艘も回遊していたため、急いで引っ返し、その足で飛んできたのだ。

「まちがいなく、燃えておったのはわしらの船じゃ。今から海へ行きたけりゃ、案内するで」

一も二も無く、父子にお願いした。

頼りになる猿彦はおらず、串部と卯三郎を連れていくことにする。

難しいのはわかっているが、柳舜たちには生きていてほしかった。

寿父子は、漁船を鉄炮洲稲荷に泊めていた。

ほどもなく出航し、一路、河口へ向かう。

誰ひとり、口をきかない。

事の深刻さがわかっているからだ。

陸は遠ざかり、やがて、みえなくなった。

それから二刻ほど、浦賀水道に向かって進んだであろうか。

いまや、陽光は沖天（ちゅうてん）に近い。

寿によれば、もうすぐ漁船をみつけた海域だという。

「やりきれねえなあ」

水夫たちは広州へ帰還できるものと信じ、舵を握っていたにちがいない。

しかし、行く手には怪しい船の群れが、先廻りして待ちかまえていた。

「いくら凪いでいるとはいえ、海原のまんなかで一艘の漁船をみつけられるもんじゃねえ。たぶん、大川に見張りの船を浮かべ、御船蔵を見張らせていたのさ」

寿父子の操る漁船は、さきほどから、同じ海域をぐるぐるまわっている。

「このあたりなんだがな」

船影はみあたらない。

おそらく、漁船は燃え尽き、沈んでしまったのだろう。

「やっぱし、無駄骨だったな」

あきらめて戻りかけたときだった。

卯三郎が遠くの海原を指差した。

「養父上(ちちうえ)、あれを」

海猫が群れている。

――みゃーお、みゃーお。

悲痛な叫びにも似た鳴き声に向かって、船をまっすぐ走らせた。

「あっ」

何かが、波間に浮きつ沈みつしている。

澪標(みおつくし)であろうか。

船首を慎重に進めてみると、小船であることがわかった。

船尾寄りに十字の柱が立っており、何と、人が磔(はりつけ)にされている。

「……ま、まさか」

寿が船端を寄せ、寿三が長柄の鳶口(とびぐち)を握った。

「うわっ」

寿三が伸ばそうとした手を引っこめる。

海面には、鱶の背鰭がいくつもみえた。

「青鮫じゃ」

凶暴な鱶の群れが、小船の周囲を回遊している。

屍肉を漁ろうと、待ちかまえているのだろうか。

寿三は銛を手にし、鱶の頭を突いて離れさせた。

その隙に、今度は寿が鳶口を使って小船を引きよせる。

「今だ、行ってくれ」

蔵人介と串部が、えいとばかりに飛びうつった。

おもったとおり、磔にされていたのは柳舜にほかならない。

全身傷だらけで、みせしめのためなのか、刃物で胸をざっくり裂かれていた。

急いで縄を解き、抱きかかえて船底に横たえる。

「まだ、息がありますぞ」

串部は吐きすて、竹筒の水を呑ませようとした。

すぐに、こぼれてしまう。

口移しで呑ませようとしても、上手くいかない。

「柳舜、柳舜」

蔵人介は肩を揺すり、干涸らびた頰を平手で叩いた。
瞼が震え、柳舜が薄目を開ける。
口許に耳を近づけると、何かを言おうとした。
「……シ、雪蘭」
そう、聞こえた。
勝手につけた母の名を口にしたのだ。
そして、静かに微笑み、こときれた。
串部は拳を固め、涙を怺えている。
蔵人介もたまらず、口をへの字に曲げた。
――ばしゃっ。
突如、大きな鱶が一尾、海上に撥ねあがる。
蔵人介は国次を抜き、鱶を一刀両断にした。
海面にぱっと鮮血がひろがり、鱶の群れが殺到する。
「早く戻れ」
寿が恐い顔で叫んだ。
串部が遺体を背負い、さきに行こうとする。

つるっと、足が滑った。
「ぬわっ」
担いだ柳舜もろとも、海に落ちる。
水柱があがった。
鱶が何尾か、うようよ寄ってくる。
「ひぇええ」
串部は、ばたついた。
蔵人介が腕を伸ばし、柳舜の屍骸を小船に引きずりあげる。
漁船のほうでは、寿と寿三が銛や鳶口で必死に鱶を追いはらった。
串部は船端まで泳ぎつき、父子に両腕を抱えられて引きあげられる。
左右の臑は、ちゃんとあった。
――ざん。
真横から鱶が襲ってくる。
「食らえ」
串部が鼻面を蹴りつけると、鱶は海底深く沈んでいった。
こんどは慎重に小船を横付けにし、柳舜の屍骸を漁船に移す。

蔵人介も無事に戻ることができた。

ずぶ濡れの串部が、布きれを手渡してくる。

「柱に縛りつけてありました」

布を開いてみると、丸にひの字が目に飛びこんできた。

肥前屋の屋号だ。

「ふうむ」

蔵人介は低く呻いた。

こちらの動きを見越して、わざと残していったのだ。

「誘っておるのか」

「くそっ、ふざけやがって」

串部は悪態を吐いた。

無論、挑まれた以上、決着をつけねばならぬ。

蔵人介は、嘘のように沈黙した海面を睨みつけた。

## 十三

柳舜の死を告げると、志乃はすでに覚悟を決めていたのか、黙ってうなずいただけだった。

一方、おらくは柳舜の遺髪を受けとり、自分にも敵討ちを手伝わせてほしいと申しでた。その気持ちに折れ、肥前屋藤吉を誘いだす役割を負わせることに決めた。阿漕な為替両替商が妖艶な芸者に化けたおらくの誘いに乗ったのは、柳舜を海に弔った翌日の晩である。

舞台となったのは、肥前屋もよく使う柳橋の『百万石』だった。奇しくも、商売敵の難波屋久右衛門を罠に掛けた料亭にほかならない。

手下の番頭を仲立ちに使ったので、肥前屋はおらくと面識がなかった。ゆえに、勘ぐられることはあるまい。しかも、そうとうな女好きだと聞いていたので、酒に酔わせて色香で誘えば、ほいほい従いてくるものと踏んでいた。

おらくの読みは当たった。

肥前屋は宴席の途中で厠に立ち、そのまま、袖を引いたおらくと店の外へ出ていったのだ。

ふたりで店を出たところまでは、串部が自分の目で確かめている。

が、少しだけ目を離した隙に、おらくのすがたは消えてしまった。

肥前屋藤吉だけがひとり、蔵人介の待つ稲荷社へやってきたのだ。

亥ノ刻は疾うに過ぎ、空には半月が出ていた。

願い事をすると叶うという二十三夜待ちの月である。

肥前屋は、千鳥足で参道をたどってきた。

祠のまえで立ちどまり、手にした提灯を翳す。

「うえっ」

仰けぞったさきで、白い狐が睨みつけていた。

参道の背後には、肥前屋を追ってきた串部の影がある。

ほかに人影がなく、おらくのすがたもない。

蔵人介は、祠の後ろからすがたをあらわす。

肥前屋は意外にも動じず、冷笑してみせた。

「ふふ、莫迦め。わしの芝居が見抜けぬのか。おぬし、御簞笥奉行格などと偽ったな。まことの名は矢背蔵人介、公方の毒味役であろうが」

「わしを知っておるのか」

「知らずにのこのこやってくるとおもうか。くふっ、罠に嵌めたのは、こっちのほうだぞ」

「おらくはどうした」

「ここにはおらぬ。返してほしくば、わしを斬ってみせることだ」

「ならば、そのとおりにいたそう」

蔵人介はだっと駆けより、抜き際の一刀を繰りだす。

肥前屋はばさっと袖をひるがえし、後方へ二間余りも飛び退いた。

「おっ」

声をあげたのは、退路を断つべく身構えていた串部だ。

肥前屋は石灯籠の上に飛びのり、こちらを睥睨している。

やはり、只の商人ではなかった。

「ぬはは、肝を潰したか。わしの名は子龍じゃ」

「子龍だと」

「柳舜とか抜かす小僧と同じ、広州の出よ。ただし、年季がちがう。あやつも悪党の資質を備えておったゆえ、わしのように育てようとおもうたが、とんだ見込みちがいであったわ」

「おぬしが漁船を燃やし、水夫たちを殺めたのか」

子龍と名乗る悪党は、胸を反らして嗤う。

「ぬはは、それがどうした。大事の前の小事にすぎぬわ。わしはこの世に阿芙蓉を蔓延させ、公方を困らせてやりたいのだ」

「何だと」

「困らせるだけではないぞ。公方を傀儡にしてやるのだ。すでに、水野越前には大金を融通する段取りをつけた。幕政の舵を握る水野さえ取りこめば、公方なんぞ手玉に取ることができる。くふふ、案ずるな。すぐには殺さぬ。公方にはみずから、破滅の道を歩んでもらう」

「世迷い言は聞きたくない。おぬし、何者なのだ」

「わからぬのか。存外に間抜けな男だな」

子龍は大きく息を吸いこみ、ぼおっと息を吐きだす。

「教えてやろう。わしはな、甲賀五人之者のひとりじゃ」

「まさか」

「印南作兵衛も野上八太夫も、道半ばにして死んだ。聞けば、間抜けな鬼役の手に掛かったというではないか。耳を疑ったぞ。くく、わしはふたりのようなわけにはいかぬ。へや……っ」

子龍は石灯籠から飛びおり、地上で鞠のように跳ねるや、前転しながら襲いかかってくる。

凄まじい身のこなしだ。

しかも、両手には円形の刃を握っている。

「はっ、ほっ、はっ」

左右からの攻めを受けつつ、蔵人介はどんどん後退していった。

「ぬお……っ」

たまらずに国次を薙ぎあげると、子龍はまたも飛び退いた。

「この得物、みたことがあるまい。風火輪と申すのじゃ」

大きさは大皿ほどもある。まんなかは刳りぬかれており、外側に副刃が三つ突きだしていた。

「殿、加勢いたす」

背後から、串部が駆けてきた。

子龍は振りむきざま、火薬玉を投げつけた。

——ぽん。

爆破音とともに、粉塵が舞いあがる。

串部は宙に吹きとび、脇の草叢に消えた。

「主従とも口ほどにもないな。されば、そろりと逝ってもらおうか」

蔵人介はじりっと後退りし、狐の石像を背負った。

「はお……っ」

子龍は宙高く飛びながら、風火輪のひとつを投げつけてくる。

——ぎゅるん。

鉄の輪が地を這うように飛来し、仰けぞる蔵人介の鼻面を舐めた。

つぎの瞬間、狐の首が足許に落ちてくる。

「罰当たりなやつめ」

蔵人介は低く踏みだした。

「そいっ」

必殺の水平斬りを繰りだす。

国次の切っ先がくんと伸び、子龍の手首を断った。

「……ふ、不覚」

風火輪を握った左手が、ぼそっと地べたに落ちる。
子龍は踵を返し、猿(ましら)のごとく駆けだした。
が、逃げることはできない。
真横から人影が襲いかかってきた。
串部だ。
――ずさっ。
子龍は前のめりに転ぶ。
立てない。
這いつくばり、首を捻った。
自分の臑が、一本残っている。
「莫迦め」
串部が煤(すす)だらけの顔で吐きすてた。
満身創痍だが、致命傷は負っていない。
「きさま、おらくをどこへやった」
問いただすと、子龍は薄く笑った。
「……び、毘沙門堂」

ぐはっと血を吐き、白目を剝く。

舌を嚙んだのであろう。

「串部、大丈夫か」

蔵人介がやってきた。

子龍の屍骸をみても、憐れみは感じない。

それよりも「甲賀五人之者」という台詞が耳から離れなかった。

「因縁が深うございますな」

阿芙蓉の抜け荷や『別段風説書』が盗まれた件にも、犬丸大膳が関わっているというのか。

ともあれ、おらくを助けにいかねばなるまい。

「串部、まいるぞ」

蔵人介はみずからを鼓舞し、鉛と化した足を引きずった。

## 十四

中之郷の朽ちた毘沙門堂へ向かう途中、串部が気になることを言った。

「伝右衛門のひとりごとをおもいだしました。大八木内匠は三年前に密葬されているかもしれぬと、あやつ妙なことを」

確かなはなしではない。聞きかじった噂らしかった。

そもそも、長崎奉行までつとめた人物が密葬にされるのは妙なので、蔵人介は眉に唾をつけた。

今は何よりも、おらくを救うことが先決だ。

ふたりは小船を仕立てて深川へ向かい、堀川を突っ切って中之郷までやってきた。

暗い雑木林に分けいると、虎鶫の鳴き声が聞こえてくる。

――ひい、ひょう。

串部は気味悪がり、耳をふさいで進んだ。

やがて、阿片窟と化した毘沙門堂へたどりついた。

篝火は焚かれておらず、伽藍のなかに人気はない。

「片付けたのか」

阿芙蓉の痕跡すらみつけられぬものの、あきらかに殺気がわだかまっている。

ふたりは慎重に伽藍を抜け、御堂の裏手へまわりこんでいった。

逃げようとした女たちが、無残にも斬られたところだ。

古井戸のかたわらに、図体の大きな従者が立っている。

巌流の室田佐五郎だ。

蔵人介たちが近づくと、両手で釣瓶の綱をたぐり、水桶を引きあげはじめる。

しかし、井戸の底からあがってきたのは水桶ではなく、後ろ手に縛られた女だった。

「おらくか」

いや、そうではない。

髑髏の突きでた痩身の女だ。

阿芙蓉で廃人にさせられたのだろう。

室田は吼えた。

「井戸は深いぞ。されど、空井戸じゃ」

女がふいに、息を吹きかえした。

と同時に、室田は綱を手放す。

――からからから。

釣瓶が軋み、ぐしゃっと骨の潰れる音がした。

「哀れな」

蔵人介が漏らすと、室田は顎をしゃくる。

「おぬしとて、人斬りであろう」

「おらくを、どこへやった」

「知らぬわ」

背後の伽藍に、別の気配が立った。

振りむけば、勝手口のそばに大八木内匠がいる。

「鬼役、矢背蔵人介。子龍を殺めてきたのだな」

「さよう」

「あれは唐人じゃ。わしが拾って刺客に育てた。商売の才覚もあったゆえ、抜け荷もやらせた。重宝したが、所詮はここまでの男よ」

「何故、死んだ者のことを喋る」

「おぬしに因縁を感じるからだ。どうじゃ、わしらの仲間にならぬか。仲間になれば、遠大な企てを教えてつかわそう。それを聞けば、おぬしも公方なんぞに見切りをつけようぞ。無論、報酬ははずむ。金子は欲しいだけくれてやる。役料二百俵の貧乏旗本にとっては、またとない好機となろう。ぬふふ、暮らしが一変するぞ」

蔵人介は眉ひとつ動かさない。

「おらくは、どうした」

「ふん、愚かな男よ。巾着切の女に、それほど会いたいのか。ならばほれ、会わせてやろう」

大八木は戯けたように言い、後ろに隠し持っていたものを抛った。

藻に覆われた瓜のようなものが、どさっと蔵人介の足許に落ちる。

「うっ」

人の首だ。

おらくであった。

悲しげな眸子でみつめている。

「……お、おのれ」

「情に脆いようじゃな。それではとうてい、わしの配下にはなれぬぞ」

大八木は諭したそばから、顎の下に指を引っかけた。

べりっと、面の皮を剝ぐ。

すると、醜悪な面相があらわれた。

しかも、顎の先が見事に割れている。

「……い、犬丸大膳か」

「ようやく、面と向かって会えたのう。されど、おぬしは不運な男じゃ。わしの顔を目にして生きておる者は、この世にただのひとりもおらぬ。室田、やれい……っ」

「はっ」

室田は長さ四尺の剛刀を抜き、素早い身のこなしで間合いを詰めてくる。

串部が横飛びに阻んだ。

「ぬおっ」

沈みながら、必殺の臑斬りを繰りだす。

「とあっ」

室田は地を蹴り、遥か高みへ飛んだ。

「莫迦め」

中空で大上段に構え、猛然と白刃を振りおろす。

串部は石地蔵のごとく、身動きができない。

「二階堂流居竦(にかいどうりゅういすく)みの術じゃ」

叫んだのは、犬丸であった。

十間以上離れたところで掌を翳し、術を繰りだしている。

「死ねっ」

室田は迷わず、剛刀を振りおろす。

刹那、人影が横切った。

――きぃん。

金音とともに、火花が散る。

室田の刀は的を外し、地に刺さった。

蔵人介が眼前に立っている。

術の解けた串部は、脇へ逃げた。

国次をみれば、刃こぼれが激しい。

研ぎに出さなかったことを後悔した。

室田は手練だ。

力だけでなく、技も備えている。

しかも、後ろから犬丸の加勢もあった。

蔵人介も居竦みの術に掛かりかけたが、みずからの腕を刃で斬りつけ、どうにか術を逃れた。

「ぬん」

室田は切っ先を持ちあげ、右八相に構える。

蔵人介は休む暇を与えず、二段突きに出た。

「おりゃ……っ」

「何の」

鋭い袈裟懸けを合わせられる。

——きいん。

刹那、国次がまっぷたつに折れた。

「あっ、殿」

串部が叫ぶ。

蔵人介は折れた刀を握って離さない。

長い柄には八寸の刃が仕込んである。

「ふん」

間合いを詰めた。

ぴんと、柄の目釘が弾けとぶ。

柄が外れ、仕込み刃が飛びだした。

ぐさっと、相手の胸に突きささる。

　だが、室田佐五郎の胸板は厚すぎた。
　倒れるどころか、反撃に転じてくる。
「覚悟せい」
　大上段に構え、敢然と振りおろしてきた。
　蔵人介は逃げず、いっそう深く踏みこむ。
　左手を伸ばし、相手の右手首を摑んだ。
「ぬっ」
　と同時に、右手で抜いた脇差を一閃する。
　――ひゅん。
　斎藤弥九郎から貰った「鬼包丁」だ。
　素早く、脾腹を剔った。
　さらに反転し、とどめの一刀を繰りだす。
「ぬがっ」
　振りむいた室田の喉首が、ぱっくり裂ける。
　蔵人介は返り血を避け、草叢を転がった。
　すぐに身を起こし、肩で息をする。

つぎは犬丸だ。

しかし、伽藍に人気はない。煙と消えていた。

倒さねばならぬ相手は、悪党の首魁（しゅかい）をも逃してしまったのだ。

「殿、申し訳ございませぬ」

串部はうなだれ、唇を噛んだ。

おらくを救えぬばかりか、悪党の首魁をも逃してしまったのだ。

口惜しすぎて、唇の震えを止められない。

「……か、かならずや、首を獲ってくれよう」

蔵人介は夜空を見上げ、翳りゆく半月に誓った。

## 十五

数日後。

品川洲崎の入り江が、次第に遠ざかっていく。

いまだ明け初めぬ海面に水脈（みお）を曳（ひ）き、寿父子の漁船は漁へ繰りだした。

矢背家の面々は一家総出で漁船に便乗させてもらい、潮風を胸腔（むね）いっぱいに吸いこんでいる。

散骨に向かうのだ。

荼毘(だび)に付した柳舜とおらくの骨を海に還(かえ)してやりたかった。

暁光(ぎょうこう)を拝むまでには一抹の時がある。

蔵人介は船端に座り、伝右衛門のことばをおもいだしていた。

「例のものがみつかりましたぞ」

上御用部屋から盗まれた『別段風説書』は、水野忠邦のもとへ無事に戻された。

戻してきた人物は、尾張家付家老の成瀬正住である。

三万五千石を領する尾張犬山(いぬやま)城の城主で、初代正成(まさなり)のころから営々と尾張徳川家を支えつづけてきた。城持ちだが、徳川宗家からの扱いは陪臣(ばいしん)である。ゆえに、正住の関心は御三家筆頭の尾張家を隆盛させることにしかない。齢三十にしては老獪(ろうかい)さを持ち、なかなかの策士であるとの評もある。

その正住が、おそらくは元奥御右筆の里中新左衛門から機密書を買ってほしいと打診されたにちがいない。

蔵人介の脳裏にあるのは、寛永寺東照宮の参道でみた提灯の家紋だった。

人知れず野に咲いたような「丸に酢漿草(かたばみ)」は、成瀬家の家紋なのだ。

「成瀬さまは例のものをお戻しするにあたり、条件をひとつおつけになったそうです」

尾張家の次期当主は支藩である美濃高須藩より迎えるとの確約である。確約とは将軍のお墨付きを意味する。公方家慶の性分を考えれば難題であったが、水野忠邦は背に腹は代えられぬと判断し、正住の条件を呑んだという。

お墨付きが得られるかどうかは判然としない。

だが、成瀬正住は碁盤に確かな布石を打った。

ともあれ、隣国の深刻な情勢が流布されることだけは回避された。

橘右近も、ほっと胸を撫でおろしたことだろう。

振りむけば、もはや、陸影はない。

海原には、少しだけ波が立っている。

漁船は快調に波を切り、浦賀水道をめざした。

やがて、水平線が金色に輝き、真紅の朝陽が頭をみせた。

「暁光じゃ」

寿が叫ぶ。

「おお、見事じゃのう」

志乃はすっくと立ち、額に手を翳した。

みなもつられて立ちあがり、絶景に息を吞む。

海原は一瞬にして染まり、濃紺に色を変えていった。

光の色はめまぐるしく変わり、幾重にも重なる波は煌めいている。

空も海も急くように青さを増し、雲はことごとく溶けてしまった。

「鰯（いわし）の群れじゃ」

寿三が指を差した。

躍る海面に銀鱗の帯がみえる。

房総沖から湾に迷いこんだ下り鰯の群れだ。

道のようにつづく魚群が右に左に蛇行し、漁船はそれを追ってぐんぐん速度を増していった。

銀鱗の帯は逃れる術（すべ）もなく、忽然（こつぜん）とあらわれた渦潮（うずしお）に吸いこまれていく。

行く手をみれば、黒い岩礁が立ちはだかっていた。

「うわっ、何じゃ」

船首に立つ寿が仰けぞった。

それは岩礁などではない。

ずんと海面に潜りこむや、巨大な尾鰭（おひれ）を突きあげてみせる。

「……く、鯨じゃ」

大量の水飛沫が空から降ってきた。

「ひゃあああ」

志乃と幸恵が悲鳴をあげる。

寿三は銛を摑んだ。

「待て、打ってはならぬ」

寿が押しとどめる。

「みよ、子がおるぞ」

みなが一斉に船端から乗りだした。

大小の鯨が寄りそいつつ、悠然と海面を泳いでいる。

「ふはは、吉兆でござる」

串部が卯三郎の肩を叩いた。

志乃も幸恵も、顔を輝かせている。

やがて、鯨の親子は潮を吹きながら遠ざかっていった。

蔵人介は携えてきた柳舜とおらくの骨を海に還してやった。

「海は広州までつづいておる。柳舜も喜んでおることじゃろう」

寿老人のことばが、萎(な)えた心を癒やしてくれた。

ふと、鯨の去った彼方をみれば、船影がふたつ揺れている。

蔵人介は呆気にとられた。

「もしや、あれは……」

清国の船団を壊滅に導いた英国の軍船なのではあるまいか。

和蘭の『別段風説書』には、軍船の名が記されていた。

はっきりと、おぼえている。

「アイリスとジギタリス」

いずれも花の名だ。

アイリスは濃紺の花弁を鳥の羽のようにひろげた花で、根を齧れば夥(おびただ)しい出血をともなって死にいたることもあるという。一方、ジギタリスは小さな釣り鐘をいくつもつけたような淡い紅色の花で、葉を煎じて呑めば心ノ臓を収縮させる。

「極楽の入り口まで連れていってくれますよ」

と、笑いながら教えてくれたのは、医学館で学ぶ井垣仁であった。

落首の濡れ衣を着せられて斬首された井垣玄沢の長子だ。

蔵人介はわざわざ学び舎（や）を訪ね、軍船につけられた名の由来を尋ねてみた。

「いずれも見掛けは美しい花ですが、使いようによっては毒になります」

他国に毒を持ちこんで大儲けし、毒の持ち込みを禁じられれば武力に打ってでる。理不尽を絵に描いたかのごとき列強のすがたを、ふたつの花の名は象徴しているようにも感じられた。

我に返ると、船影は消えている。

ほかの連中で、みた者はいない。

おおかた、蜃気楼（しんきろう）にすぎなかったのであろう。

蔵人介は、そうであることを祈った。

――みゃお、みゃお。

蒼海に海猫が何羽も乱れ飛んでいた。

下り鰯の群れがそこにいるのだ。

「さあ、追いかけるぞ」

寿が嬉々として叫ぶ。

大漁旗に風を孕（はら）ませ、漁船は海原を突きすすんでいった。

光文社文庫

文庫書下ろし／長編時代小説

予兆（よちょう） 鬼役（おにやく） 五

著者 坂岡（さかおか） 真（しん）

2016年9月20日 初版1刷発行

発行者 鈴木広和
印刷 慶昌堂印刷
製本 ナショナル製本

発行所 株式会社 光文社
〒112-8011 東京都文京区音羽1-16-6
電話 (03)5395-8149 編集部
8116 書籍販売部
8125 業務部


ISBN978-4-334-77359-5 Printed in Japan



組版 萩原印刷

キリトリ線

※ページ内側にあるキリトリ線で切って、備忘録にお使い下さい。

キリトリ線

## 鬼役メモ

※ページ内側にあるキリトリ線で切って、備忘録にお使い下さい。

## 鬼役メモ

キリトリ線

※ページ内側にあるキリトリ線で切って、備忘録にお使い下さい。

キリトリ線

※ページ内側にあるキリトリ線で切って、備忘録にお使い下さい。

## 鬼役メモ

画・坂岡 真

キリトリ線

※ページ内側にあるキリトリ線で切って、備忘録にお使い下さい。

キリトリ線

## 鬼役メモ

画・坂岡 真

※ページ内側にあるキリトリ線で切って、備忘録にお使い下さい。